美女入門22

人生は苺ショート

jinseiha
ichigoshort
mariko hayashi

林真理子

マガジンハウス

リベンジ
間に合う？

目次

秋の誘惑

スケジュールびっしり

美女入門22

人生は苺ショート

イラスト

著者

リベンジ
間に合う？

お行儀よく、ね

東京も最近、いろいろ楽しそうなところが増えてきた。私はまだ行ったことがないけれど、歌舞伎町タワーなんて面白そう。六本木もどんどん開発がすすんで、新しいビルに新しいお店がどんどん出来ている。

その分、料金が高くなっているのは事実。このところ寄るとさわると、

「どうして、あのお店はあんなに高くなったんだろう」

という話になる。

つい先日、四人で人気のお鮨屋さんへ。私以外は三人の男性で、地位もお金もある方々。公的な仕事をしている方もいるので、

「おごられるとまずい、ワリカンで」

ということになった。〝四人の会〟と名づけて、ふた月にいっぺんぐらいおいしいところに行く。

そしてそのお鮨屋は、予約がとれないことで有名。今から頼んで半年先になる。が、中

に一人顔がきく人がいて、開店時間を早くしてもらったのだ。

「ありがとー、うれしいー！」

食べ終わり、一人ひとりカードを差し出す。びっくりだ、とても一人分の料金ではない。

「これって、四人分ですか⁉」

思わず聞いてみたくなった。メンバーの一人とこのあいだ別のところで会ったら、

「あの料金はひどい」

と怒っていた。

東京の人気店で常連になるには、まずそれなりのお金とそれなりの立場、そして少々のことには動揺しない大らかさが必要なようであるが、私は最後のひとつがない。しかしなくたって何だっていうんだ。おかしいことはおかしい、と声を大にして言いたい。

さて、これとは矛盾するようであるが、私はどんな店でも初めてだってそうドキドキしない。こうなったのは、トシのせいもあるけれど、

「命とられるわけじゃなし、お金で済むことですよね」

というのがある。ぼったくりバーならともかく、カードでお金を払えばいいということが身に沁《し》みているから。

とはいうものの、こんなすれっからしの私でも、敷居が高くて、ものすごく緊張する場所というのがある。それがブルーノートですね。

ブルーノートというのは、ジャズを中心にしたライブハウス。ニューヨークに本店があ

る。ここでは世界中の有名アーティストが歌ったり演奏したりしている。随分昔のことであるが、かつての彼氏とサラ・ヴォーンを聞きに来たことがある。

その後は某有名俳優さんのバースデーパーティーぐらいか。とにかく東京中の、意識高い系のおしゃれな大人が集まっている、と思っていただきたい。

今から三年前のこと、知り合いの男性が、

「ボクはブルーノートの常連なんだ。〇〇〇が来るから行かない?」

と誘ってくれた。その〇〇〇の名前がどうしても思い出せない。当時、大ヒットしていたディズニー映画の主題歌を歌っていたアメリカ人の歌手。ググればすぐにわかるけれどやりません。あの嫌な記憶が甦《よみがえ》ってくるから。

ブルーノートは、青山の骨董《こっとう》通りを根津美術館に向かって折れたところにある。とても洗練されたストリート。その日、集まった男性一人と女性五人。さっそく席に案内された。正面のとてもいい席。

「ここは飲み物の他に何か頼まなきゃいけないの?」

聞いたところ、

「食事も出来るよ、いろいろおいしいよ」

ということだったので、お腹が空いた私たちは、サラダ、パスタ、ピザ、いろいろとオーダーした。

やがて女性歌手が登場。ピアノを伴奏に歌い始める。続いて私たちのところに料理が運ばれる。ぴちゃぴちゃ、ガツガツ、すごい勢いで食べていく私たち。知らなかったんだ、ブルーノートで食事をする場合、ライブが始まるまでには終えて、あとはお酒を楽しむということを。

歌手からは嫌な顔をされ、まわりからは白い目で見られて、とても恥ずかしかったことを憶えている。しばらくは行けなくなってしまった。

そして今日は夏木マリさんのライブ。もう失敗は許されない。五時半に私たちは待ち合わせした。女四人のグループですね。

ピザだの、ナッツだのと頼んだけど、マリさんが歌う時は、ワインだけをテーブルに残した。ジャズバンドをひきつれて歌うマリさんは、最初ラベンダー色の透けるドレス。後半はブルーの総ラメのドレス。その美しいこと、カッコいいことといったらない。

歓喜の中、最後は「東京ブギウギ」。ジャズアレンジしていてものすごく面白い曲になっている。髪も素敵、生き方も素敵。私たちのお手本のマリさん。

彼女の歌をワインを楽しみながら聴く幸せ。大人になるっていいもんだなーと、つくづく思ったのである。

私の知り合いのグループは、全員着物で来てた。今度私も仲間に入れてくれるって。

いとしのケリー

ちょっと前の話になるけれど、チャールズ国王の戴冠式よかったですね。

ロイヤル好きの私としては、ずうっと中継を見ていた。注目するのは、カミラ王妃の表情だ。

「まさかこんなことが、っていう感じだろうなァ」

なぜって、ずっと不倫をしていたわけだ。ある時は彼女に夫がいて、W不倫の時も。カミラさんは私たち日本人から見ると、シワっぽいおばさんだったが、チャールズ皇太子にしては、たまらなく魅力的だったに違いない。ダイアナさんと結婚しても、ずうっと彼女のことが忘れられなかったのはご存知のとおり。

彼女がきっかけでチャールズ皇太子夫妻は離婚し、ダイアナさんは不幸な死を遂げる。だからイギリス国民は、カミラさんのことが大っ嫌い。どこに行ってもブーイングが起こったそうだ。

それを時間をかけて、国民に少しずつ認めてもらった。再婚してもいいが、王妃の称号

は与えない、とかいうことだったが、エリザベス女王のおかげで許されることになった。すごいですよね。離婚して二人の子どももいるおばさん（おバアさんか）が、王妃さまになるなんて、イギリスってなんて懐の深い国なんだ。

これは自慢になるけれど、私はチャールズ国王におめにかかったことがある。ダイアナ妃と初めて来日された時、英国大使館におよばれしたのだ。

わりとくだけたパーティーで、夫妻とも人の輪の中に入っていらした。するとある人が、

「この人は日本の作家なんです」

と私のことを紹介してくれた。

「どんなものを書いているの」

という質問に、その人は、

「男と女の戦いを書いて、いつも勝つのは女なんです」

するとチャールズ皇太子は、

「そうだよね、いつも女が勝つよね」

と笑われたのである。

それも遠い日のこと、もう二度と私はチャールズ国王にお会いすることはないだろう。

思えば、昔の方がずっと派手で楽しい生活をしていた、とつくづく思う。エルメスだってていっぱい買った。買えたんだ。どうということもなく。

この頃、バーキンやケリーの値段がすごいことになっている。うちの新聞にはよく買い

取り店のチラシが入っているが、中古のバーキンが二百万とか三百万とかする。クロコにいたっては六百万だ。これはもう、金ののべ棒のようなものではないだろうか。

何年か前、目先のお金に目がくらんで、バーキンやシャネルを売った自分が本当に悔やまれる。クロコのバーキンなんて、あの頃から二倍している。

そもそも三十数年前、バーキンなんて三十万円台だったんだから。あの頃、独身の私はしょっちゅう海外旅行に行っていた。特に楽しかったのは、幼なじみでJALのCAと行ったスペイン。オペラ「カルメン」の舞台となったセビリアのエルメスにて。

彼女は言った。

「私たちCAは、世界中のバーキンの値段を知ってる。ここがいちばん安いわ」

ということで黒を買った。

パリの本店だってふつうに買えた。日本はバブルの真っ最中で、日本人の店員さんが何人もいた。エルメスのオーダーを受け付けてもらうために、お食事したり日本からお土産を持っていったり。

仲よしのパリのレストランのマダムは、私たちのオーダーを一生懸命頼んでくれたばかりか、バーゲンの時に並んで買ってくれた。

あの頃買っていたバーキンを、箱ごと大切にしていたら今頃私もお金持ちになっていたかも……。なんてあるわけがなく、バーキンもケリーも、ボリードだって使えば古くなる。角がボロくなる。

初めてパリのエルメスに行った時、バーキンやケリー、オータクロア、三個も買った。オータクロアは、真っ赤な革で出来ていてとても重かった。あまりにも使いづらかったんで、当時マガジンハウスから発行されていた「エル・ジャポン」の、チャリティオークションに出品した。タダ、タダですよ。そう、太っ腹の私は、オークションに何個提供したことだろう。

そして白いケリーは、あまりにもボロくなったので、四年前買い取り店に持っていった。そこで屈辱的な扱いを受けたことは、以前ここで書いた。若い店長は私のことなんかまるで知らず、もう一個持っていった腕時計のメドールを本物かどうかわからないとのたまったのだ。しかも白いケリーの買い取り値段は、なんと二万円。頭にきた私は持って帰り、親戚のコ（四十代）にあげた。

先日、山梨に帰った私はびっくり。あのボロっちい白いケリーは、クリーニングに出し、きっちり綺麗に（七万かかったそうだ）。そのうえハンドルにエルメスのスカーフが巻かれていた。どこからみても素敵なケリー。私は嬉しく、ちょっぴり口惜しかった……。

私のエルメスとの長い物語はここでおしまい。高くてももう二度と買えません。

お尻が熱いの

最近買い物で失敗したことが二つ。

いつも行くブランドショップで、ベージュのジャケットを買った。流行のオーバーサイズのもの。そう、歌手のあいみょんさんが好んで着て、「寅さんジャケット」などと呼ばれていたものだ。

私の場合、袖が長かったので直してもらい、今日さっそく着た。するとなんだかヘン。似合わない。太って見える、というよりも、おばさんがおじさんの上着を借りてきた、という感じ。

ちょうどそこへ、最強おしゃれ番長、元アンアン編集長のホリキさんがやってきた。ランチをすることになっていたのだ。

彼女は言う。

「若くて痩せたコじゃないと、こういうオーバーサイズむずかしいよー。せめてパンツと組み合わせたらどうかしら」

ということであった。

悲しい。とても高くて、エイヤ、と決心して買ったのだ。私はふだんあまりパンツをはかない。よって出番が少なくなりそう。

それからもうひとつは、安い方の話。

もうじき海外旅行に行くことになっているので、新しい下着が欲しいところ。私はいつもデパートで、それなりの値段のものを買っている。しかし、ここのところ忙しくて行けていない。

「だったらアマゾンで買おう」

ブラは試さないと心配だが、消耗品のショーツならいいかも。それでそこそこの値段のものを選んだのであるが、私は間違っていた。一枚分じゃなくて、五枚セットだったのだ。送られてきたものを見ると、素材も悪くて色もちょっと……。ピンクやグレイがいかにも安っぽい。

いくら見る人がいなくなったとはいえ、あまりにもしょぼいショーツ。レースも何もないそっけなさ。これならユニクロのベージュショーツの方がいさぎよいというもの。

高いものも、安いものも、最近買い物がパッとしないなあと、つくづく思う私であった。

ところで近々、ある出版社（マガジンハウスではない）から、エッセイのまとめたものを出すことになっている。その本の販促用のＰＯＰが仕上がってきた。それを見たら、

「林真理子の美肌道」

だって。「美女道」と言わないところが、苦肉の策ですね。が、肌については、このところやたら誉《ほ》められる私である。もしかしたら例の○○菌が効いているのかもしれない。夜、気絶するみたいにぐっすり眠れるのだ。それから、コロナで長らくお休みしていたエステサロンが、また始まったことも大きいかも。今までは銀座のビルの中にあったけれど、今度のサロンは高級住宅地の中に。

「隠れ家的なところですから、ゆっくりおやすみになれます」

とオーナーは言った。

「それから今度、私たちは画期的なことを始めました。ヨモギ蒸しというのがあるんです。ハヤシさん、次からぜひ試してくださいね」

「ヨモギ蒸しって？」

「古代から伝わるヨモギには、大きな力があるんです。デトックス効果があり、体を活性化させてくれます。ぜひぜひやってください」

ということで日曜日の午後に出かけた。ひととおり顔のエステが終わった後、着せられたのはグリーンのマント。すごい厚い生地で出来ていて、すっぽり首まで閉まる。なんていいましょうか、ひとりサウナみたいなもの。

そしておまるみたいなものにまたがった。下からは、少しずつ煙が上がっている。もちろんパンツははいていない。後から聞いたところによると、このあたりの襞《ひだ》は、何百倍も吸収がいいんだと。

「どうかゆっくりおやすみくださいね」

ということであるが、窓ガラスに映る私は巨大な緑のイモ虫。やがて肛門のあたりが熱くて熱くてたまらなくなってきた。とても我慢出来そうもない。ブザーを押した。

「ギブアップいたします！」

「そうですかァ……、本当に効くんですけどねー」

エステティシャンは残念そうだ。

その代わり新しい化粧品を買ってきた。この世界は日進月歩。朝の肌がまるで違ってくるのである。

さて、この頃マジメに毎週行っているバレエヨガ。このトシになってもいろんな人から、

「姿勢がよくなってきた」

「肩のあたりがスッキリしてきたんじゃないの」

と言われるのはとても嬉しい。お菓子を食べたり、スマホを見たりしながらの、ゆるーいレッスンが私に向いているのかもしれない。

そこで私はヨモギ蒸しのことを話した。

「効くかもしれないけど、お尻がすごく痛くてたまらなかった」

と言ったら、

「そのくらい我慢しなくちゃ」

と注意してくれたのは、美容専門のライターさんである。

「アレはものすごくいいって話ですよ」

もう一度スモークされに行くか。確かにスモークサーモンは艶があっておいしい、とふと思った私である。

衝撃ボディ！

最近衝撃的な事件が二つあった。

ひとつは二十年前の写真が、偶然送られてきたこと。

傍らの幼い娘が、バレエの衣装を身につけているところを見ると、
当時通っていたスクールの発表会らしい。そして彼女の手をひく私のスリムな
こと！　痩せている、なんてもんじゃない！　顔もほっそりしていて今の二分の一。

私はこれを三十人ぐらいの友人にＬＩＮＥで送ったところ、ものすごい反響であった。

「これって、ふつうの痩せている人じゃないの!!」

「マリコさん、色っぽい」

「こんな時もあったのね」

中でもいちばん反応があったのが、バレエヨガの仲間たちだ。

「こんなに痩せてたのね」

「マリコさん、頑張りましょう」

「これからだってきっと」

テツオさんからは、

「反省したら。まだリベンジ間に合う」

夫はさらにひどい。

「こんなの、見たことはない」

と辛らつだ。

そして女性たちは、LINEで送った写真を大きくしてつぶさに観察したらしい。やがてみんな声をあげる。

「スカートの柄がバレリーナ。なんておしゃれなの！」

そう、ニューオータニのアーケードショップに当時あった、パリのデザイナーのもの。バレエ発表会に合わせて着ていったに違いない。

昔はそれなりにおしゃれがきまってた。

今、私が何を着ても今ひとつなのは、体型がくずれているから。ウエスト部分がだらしないと、スカートがきまらないのはご存知のとおり。

それよりもまず、ショップに行っても、サイズの壁によって着たいものが着られない。あれはつらいですね。

ダイエットに成功したのは、過去数回あるが、そのたびに「セルフ着せ替え人形」をやってあれは楽しかったなあ。このバレリーナスカートは、そんな過去の遺産ですね……。

そしてLINEには、こんな慰めの言葉もいっぱい。

「私は今のマリコさんの方が素敵だと思う」

「こんなに痩せたままだったら、今のマリコさんの笑顔はないよ」

こういう言葉にすぐすがるのが、私の悪いところだ。

そんな時に、二つめのショッキングな事件は起こった。

九州の友人のおうちに遊びに出かけた。昼はみんなで、名物のとん骨ラーメンをすする。脂こってりですごい。でも私はへっちゃら。

「今のマリコさんの方がいい」

という声もいくつかあるし……。

夜も博多でさんざん飲み、食べ、とあるホテルへ。友人が予約してくれたのは高級ホテルのセミスイート。このホテルはバスルームが豪華。壁が一面鏡になっているのだ。

私は内心イヤだなーと思った。でもお風呂に入らないわけにはいかない。お湯をためてから全部脱ぐ。

「ギャ〜〜〜!!」

バスルームに響く私の悲鳴。

ふだん自分の裸を、これほど明るいところで全身見ることはない。うちの洗面所の鏡はふつうの大きさだ。上半身しか映らない。

だからといって油断していた。こんな悲惨なことになっていたとは知らなんだ。昔の映画「シャイニング」は、主人公が亡霊にとりつかれる。浴室で若い美女と抱き合っているうち、その裸の女性が次第に醜い老婆になっていく。詳しくはレポート出来ませんが、鏡にはあの妖怪みたいなお婆さんが映っているではないか。

悲しい……。本当に悲しい。

写真と鏡、この二つの出来ごとによって、私は本当に反省した。心から悔いた。毎日食べることばかり考えている生活に、毎晩のようにお酒を飲んでいることに。

が、ここにまたしても私の殊勝な心がけを遮るような出来ごとが。

ホリキさんからLINEがきた。

「台湾のごはん、現地の友人にも聞いてリストアップしたから見てみて」

そう、来週から女三人で台湾へ遊びに行くことになっているのだ。

ホリキさんと、フリーアナウンサーの中井美穂ちゃん。この三人で近場の海外に行くのは毎年の恒例だった。しかしコロナで、この三年は中断していたのだ。今年は久しぶりの台湾。ものすごく楽しみにしている。もう海外は治外法権。いくら食べてもお肉にならないもんね……、ということにしている。

さて、その台湾旅行であるが、昨日ある女友だちに言われた。

「あんなおしゃれな人たちと旅行するの、大変でしょう」

確かにそのとおり、毎日ぴしっとコーディネイトを決めてくる。インナーだけ変えればいいと思っている私とはえらい違いだ。が、そのことを指摘されるとつらい。あの二つの事件以来、傷つきやすくなっている私なの。

お久しぶりの台湾

もちろん円安ということで覚悟していた。

コロナ禍でずっと行けなかった台湾に、
四年ぶりに出かけることにした私たち。

メンバーは、いつもの女三人組。中井美穂ちゃんに、元ａｎａｎ
編集長のホリキさん。今はファッションディレクターをしている。

彼女はテッパンのおしゃれ番長だ。

いつも、

「これは買い。東京で売ってない」

「似合わない。買う必要なし」

というホリキさんのジャッジで、最後は決める私である。いつも本当に楽しい女旅。

今日も泊まるところはリージェントホテル。街中にあってブランドショップもいっぱい入っている。三人でさっそくシャネルへ行った。

「今は円安で、日本がいちばん安いって、外国人が行列してるけど、売れ過ぎて品物が何

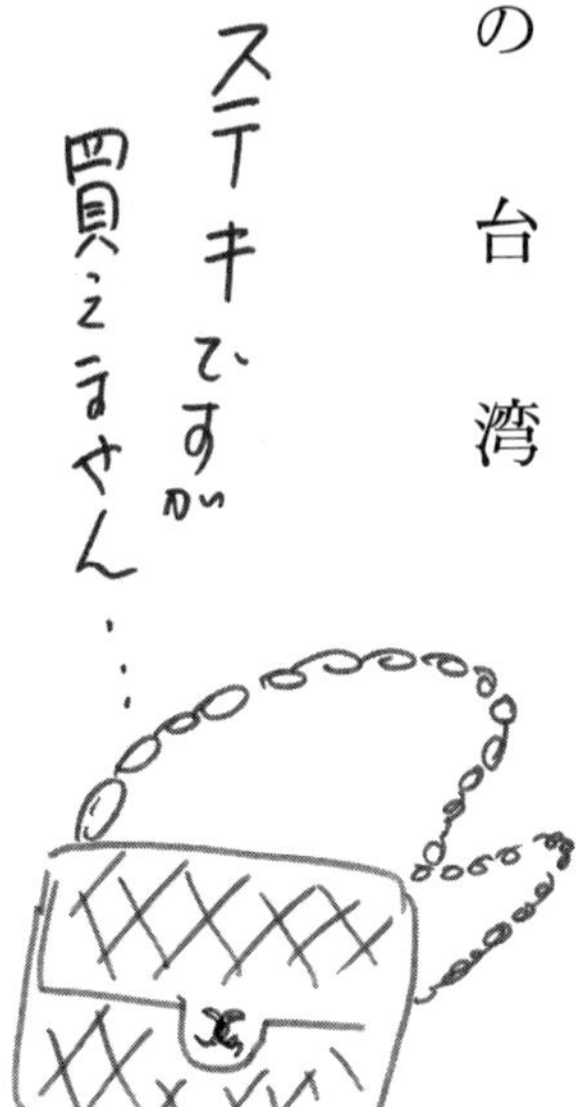

もない。台湾は品物が揃っているかも」

ホリキさんの言葉に頷《うなず》く私。

「そうだよねー、私たち三人が海外に来て、何も買わないなんて、やっぱり淋しいよねー」

そう、香港で、韓国で、マカオで、私たちは買い物を楽しんだ。バーゲン時を選んで香港に行ったことも何度か。

そんなわけで、まずシャネルのショップに入っていった。するとあるわ、あるわ。ピンク、白、コーラル、黒と、最新のものがいっぱい。東京ではもうほとんど残っていないというバッグが。

「ふーん、シャネルバッグねぇ……」

エラそうに聞こえるかもしれないが、私はシャネルバッグにそれほどの興味を持たなかった。今まで海外に行った時も、シャネルを買ったことはあまりない。

「あのチェーンの形が、とても女らしくて私に似合わないと思ってたんだ」

だからプラダやエルメス、といったものを選んでいた。しかし今や手に入りづらくなったのなら話は別だ。急に欲しくなった。

今年の新作、ピンクの素敵なシャネルバッグ。

「おいくらかしら」

「日本円でこうです」

可愛い店員さんが電卓を見せてくれた。

「百五十万！」

三人はいっせいに叫ぶ。

「冗談じゃないよ」

「シャネルのバッグが百万超えるなんて」

さすがに店を出てから廊下でぶつぶつ。

「私ら、シャネルバッグは二十万円台の頃から知ってるよ」

「いつもお店に置いてあるけど、そんなに欲しいと思わなかった。ホントに」

「そういえば！」

私は重大なことを思い出した。

「五年前のことだよ。やっぱり台湾行く時。私は羽田のラウンジでぼーっとしてて、ホリキさんと美穂ちゃんは、免税店へ出かけてたんだよ」

羽田の免税店はとても充実していて、特にシャネルのショップには掘り出し物がある、というのがホリキさんの口癖。そのため、いつも出発前には必ずチェックしていたっけ。

「私は何も買うつもりなかったんだけど、ホリキさんから携帯にLINEがあったんだよ。あのバッグがお店にあったからすぐに来なよ、って」

写真までつけてくれていた。それはホリキさんが持っていた、真っ赤なツイードのシャネルバッグ。私がいいなー、と言ったのを憶えていてくれてたのだ。

さっそくラウンジからエスカレーターで降りていって、そのバッグを買ったのはついこのあいだのことみたい。

「そんなに高くなかった。今思えば夢のような値段だよ」

「そうだよ。あれは本当にお買い得だったよ。今、もうあの形はないよ」

さて、台湾で私たちは懐かしい人たちと会った。いつもシャンプーの泡でアートをしてくれる美容院の人、よく行っていた雲南料理店のマダム、みんなハグしてくれる。

というのも、美穂ちゃんが前に来た時の写真をスマホからとり出し、皆に見せたからだ。

「これは六年前だね」

「マリコさん痩せてる！」

「ダイエットがうまくいってた時だよ」

するとホリキさんが私の手元を指さした。

「これ、エルメスのカゴじゃん」

「本当だ、すっかり忘れてたよ」

「エルメスのカゴなんて、今じゃ手に入らないよ」

「そうかあ……、私たちってすごいもの持ってるんだね」

「もうブランド品買うのはやめましょう」

ホリキさんはきっぱり。

「百五十万もするシャネルのバッグ、もう買う必要ないよ。私たち、若い時に買っていたいろんなものがあるはずだよ。それを有効活用していこうよ」

「そうだよね、今回の旅は温故知新。古きをたずねて新しきを知る……、ちょっと違うか」

ということで、私たちはブランド店に行くのはやめ、すっかり食べるだけの旅になったのである。

ただいま、トーキョーナイト！

台湾で高いものを食べた記憶がほとんどない。

高級料理店に行かなくても、そこいらのお店が本当においしいから。おかずをいっぱいに並べて好きなものを取るおかゆ屋さん、雲南料理店のグリーンピーススープ、屋台のぶっかけ丼。

しかし不思議なことがある。

「台湾って何でもおいしいのに、どうして太った人がいないの？」

現地の日本人女性に聞いたところ、

「実はみんな、そんなに食べないですもの」

という返事。

「だいたいが外食で、朝も外で軽くおまんじゅうを食べるとか、豆乳を飲むぐらい。ハヤシさんが行くレストランなんかでは、大テーブルにたくさんの人が食べてるでしょう」

「確かに」

「ふだんは簡単なものを食べて、月に一度か二度、親戚や友だちで集まってがっつり食べ

る。そしていっぱい頼んで余らせて、それをパックに入れて持ち帰るんです」

「そういえばみんなそうだわ」

おいしい野菜まんじゅうのお店も、彼女に教えてもらった。

「以前ananの取材があった時、編集者の人と二人、街を歩きまわって見つけたんですよ」

なんでもこわーいおばあさんがやっていて、中国語が出来ないとなかなか注文がむずかしいとのこと。さっそく台湾の市場の近くに出かけたところ、午前中にもかかわらずもう短い行列が出来ていた。A子さんの言うとおり、竹の子、キャベツ、いんげん豆なんかを買ってみた。ふかしたてで大きい。本当においしそう。とはいえ、飛行機の時間が迫っている。

「どこで食べればいいんだろう」

「空港のラウンジとか」

「それもちょっとなあ……」

「だったら日本にこのまま持って帰るのもいいですよ。肉を使ってないから、羽田に持ち込みオッケー。家に帰ってからもう一度ふかせばいいんです」

ということで、野菜まんじゅう十個持って帰りましたよ。今回はブランド品いっさい買わず、お土産は食べるものばかり。機内に持ち込むことにしたが、さすがに布のバッグの中に入れた。友人たちも同じ。

その夜、さっそく夕飯にしたが、中身もおいしいが、厚めのほくほくの皮が最高。

「おいしい！」

「うちの夕ごはん」

と皆で写真を送り合った。

ところで台湾旅行が終わり、いつもの東京社交生活が戻ってきた。前よりも忙しいかも。毎日食事の約束が入っている。

うちの夫など、

「どうして毎晩出かけるんだ」

と怒っているが、みんなから誘われるから仕方ないんだもん。人気者なんだもん。

西麻布や青山の、流行の店へ行き、まずは冷えたシャンパンを飲むというのは、都会に住む大人の幸福ですね。もう太ったっていいと、本気で思う。

特に私が好きなお店がある。西麻布のイタリアン。とても広い。お料理がおいしい。有名人がいつも必ずいる。テレビで見る芸能人も垣間見ることが出来る。もし対談で会っていたりすると、話しかけちゃうのさ。すると、

「マリコさん、すごーい」

と仲間から賞賛される。

話は変わるようであるが、一週間前のこと、知り合いからＬＩＮＥがあった。

「ハヤシさんが以前書いていた、とても占いがあたる、霊能力者の女性を紹介していただ

けませんか」

「いいですけど、その方沖縄ですよ」

「構いません、沖縄行きます」

とはいっても、紹介しなきゃいけないから私も沖縄行くべきか、とあれこれ考えていた。彼女の顔を思いうかべながら。

そうしたら昨日、そのイタリアンのお店に入ってびっくり。当の彼女が数人と一緒にテーブルにいるではないか。沖縄にいるはずの人が！

「えー、どうしたんですか」

「今、仕事で東京に来てるんです」

彼女は会社を経営しているビジネスウーマンでもある。

「こんなところで会うなんてびっくり」

「私はこの店に来るの二回目、一度目は五年前、ハヤシさんが連れてきてくれたんですよ。今日来る時、私は皆に、ハヤシさんに会えるような気がする、って言ってたんです」

なんか驚きのあまり、ざわざわしてきた。

そして、若い友人たちと食べた、その日の料理のおいしかったこと。ズッキーニの前菜に、トマトを使った冷たいカッペリーニ、夏トリュフをのっけたリゾット。

私の目の前には、すごーく年下のカッコいい男の子がいる。白のイタリアワインもおいしい。霊能力者の彼女からのＬＩＮＥが次の日あった。

「ハヤシさん、頑張って。きっと大きな幸せが待ってますよ」

私はレストランでいつも小さな幸せをもらってるかも。

たのしい、おいしい、バレエヨガ

この頃、わりとまじめにバレエヨガに通っている。

ここのいいところは、寝っころがってダラダラやるため、お喋《しゃべ》り、スマホが自由ということ。それどころか、おやつを食べるのもオッケー。みんなで人数分を持ち寄る。

中にはお菓子どころか、他の食べ物を配ってくれる人も。

「小豆島に行ってきたからそーめんを」

一袋くれる。とても嬉しい。

そして最近、このバレエヨガ教室に、新しい要素が加わった。それは新しい美容器具をみんなで試すこと。講師の元ダンサー、カズ先生が美容オタクで、いろんなものを通販で買っていることもある。それに加えて、美容ライターの人が面白いものを持ってくる。

前回は、お腹の脂肪を小型の電動ドリルみたいなものでガリガリやるものも、ゴルフボールみたいなものもみんなで試した。たいていは二千円か三千円ぐらいの安いもので、

「じゃあ、私も買おうかなー」

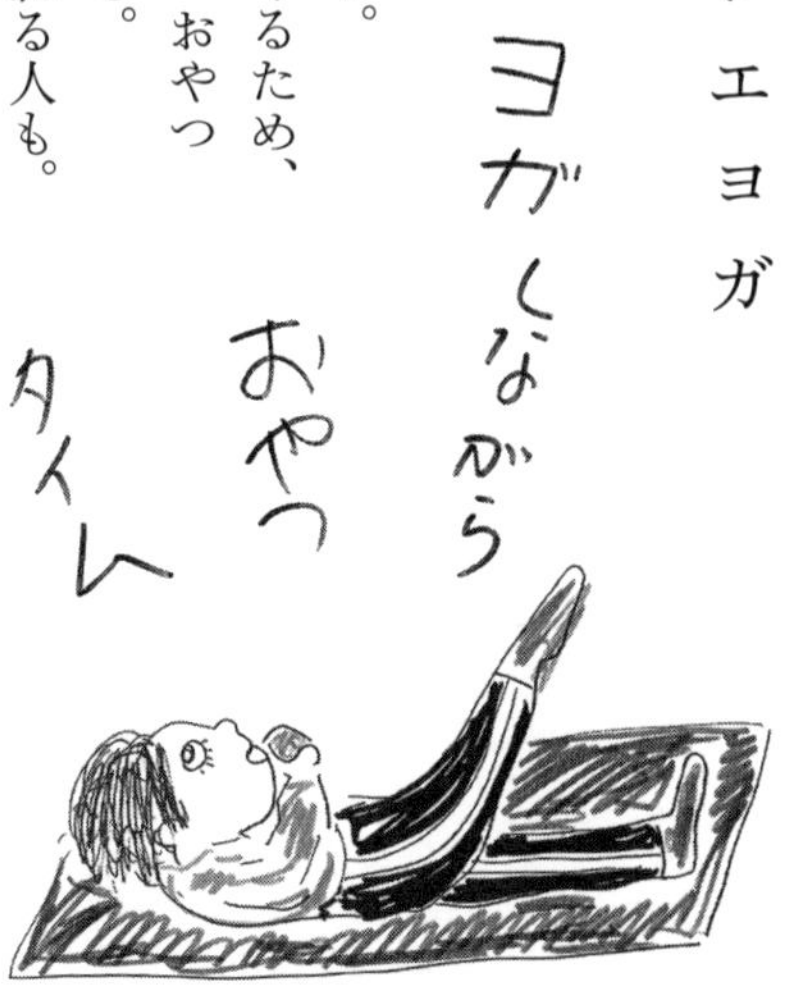

ということになり、アマゾンでぽちっとする。寝たままで。

このあいだ私は大物を買った。それは足を置いてブルブル震わせる、流行の電動マッサージ機。

「これ、私に言ってくれれば、ちょっとお安くなります」

美容ライターの人が持ってきてくれたのだ。今、その〝ブルブル〟機械は、私の通う理事長室のデスクの下にある。

この頃は少しでも時間が出来ると、

「ブルブルしたらどうですか」

と秘書が声をかけてくれるのだ。

しかしブルブルしても、脚が細くなるわけではない。サンダルの季節になってきたのに残念だ。私のまわりでも、おしゃれな人たちは、四月の声を聞くと、サンダルを履く。私はいつも彼女たちの脚が細いこと、きちんとペディキュアされていることに驚く。みんなものすごく忙しいのに。

ある人が教えてくれた。

「時間が少しでも出来るとまわりを見渡す。ネイル出来るところがあるか探してみる。そして飛び込みでやってもらう」

こういう意見を聞くとびっくりだ。私はネイルサロンぐらい、閉鎖的なところはないと思っているから。

髪よりもさらに深く人とかかわり合う。なにしろカラダの一部を、バチンと爪バサミで切ったり、ヤスリをかけたりする。だからカウンター越しに、ネイリストとお得意さんはひそひそと言葉をかわしているではないか。あそこに飛び込みの人はなかなか入っていきづらい。

もう何年も前のことになる。地元代々木上原の居酒屋カウンターで、私は夫とご飯を食べていた。私の右隣には夫、左隣には女性の二人連れ、とても低くぼそぼそ喋っているので内容はわからない。私の隣の女性は、私にしっかりと背を向け、連れの女性とずーっと話していた。

そのうちに私はあることに気づいた。そこにいる男性客たちが、みーんな私の方を見ているのである。なんかヘン。私を見るはずはないのだから。

だったら隣の女性だ。

「芸能人に違いないわ」

広末涼子ちゃんだったりして。なぜなら、彼女の旦那さんのお店は、この居酒屋のすぐ後ろにあるのだから。

なんとか顔を見たいなあ、と思ったもののその女性客は私に、不自然なほど背を向けている。結局誰かはわからなかった。しかし私は見てしまった。隣の女性の手を。とても白くて綺麗な手。そして濃いコーラルピンクのネイルだったのであるが、その完璧さが、やはりふつうの女性と思えないのである。

やがて彼女は立ち上がり、私に背を向けたまま出ていった。そのとたん店中がざわめく、やはりふつうの人ではない。たまりかねて私は店員さんに聞いた。

「今、出ていった人、どなたですか」

「広末涼子さんですよ」

やっぱりそうだ。口惜しい。彼女とは一回だけだけど対談で会っている。こんにちは、と挨拶出来たのに。

私が会った広末さんは、とても感じがよく聡明な人だった。やはり透明感がハンパない。美しい肌、整った目鼻立ち。

「これ高知のお土産です」

とポンカンのジュースまでくださったっけ。

その広末さんが、今回不倫をしたという。びっくりだ。

私は今回の反応を見ているが、世間はそう非難していないような気がする。

正直申し上げて広末さんのお相手は、えー！　と言いたくなるような個性的な雰囲気の方。みんな、

「ふーむ」

とうなったきり何も言えない。こういう人に熱烈なラブレターを送る広末さんが理解しづらいゆえに、とてもピュアに思えるのだ。

ちなみにお相手のお店も代々木上原。広末さんこの街が好きなのね。

マリコ補完計画

ここのところ、かなりハマっているバレエヨガ。行けない週も多いが、月曜日の夜は極力スケジュールを入れないようにしている。

六時半からなんと四時間のレッスンだ。これが続いているのは、何度も話してるが、寝っころがってやるゆるーいレッスンなので、スマホもお菓子もオッケーということ。途中で眠る人もいる。みんなとのお喋りもだらだらと楽しい。

何より、このバレエヨガの魅力は、カズ先生のキャラクターに負うところが多いのだ。年齢は四十をちょっと出たところかな。小太り金髪のオタク体型。ゲームの話をすると止まらない。YOSHIKIが神さま。

カズ先生は有名なバレリーナの息子で、ご自身も元ダンサー。一時期はスマホに残った自分の写真を、

「見て、見て」

と自慢していた。確かにクマテツよりももっとイケメン。彫刻のような体に、ハーフっ

ぽい顔をしている。バレエをやめて教えるようになったら、ものすごく体重が増えたそうだ。

「現役の頃、電車から降りたとたん、立って待ってた人たちがざわついた。後をつけられた」

という話をよくしてくれる。

ちょっとウザい時もあるけど、みんなカズ先生のことが大好き。とにかく損得抜きで、私たちをキレイにしたいという心に溢《あふ》れているんだもの。レッスン料なんてほんのちょっぴり。

「もっととってください」

と言っても、バレエを教えているわけじゃないからと受け取らない。

「人類総美人化計画」

というのを目標に、とにかくみんなをカッコよくキレイにしたいと一生懸命だ。

一見おデブだけど、元ダンサーだから体がものすごくやわらかい。どんなポーズもキマる。実はカッコいいかも。

最近わかったことであるが、カズ先生にはすごい特技があった。ゴルフボールを使って体のぜい肉をとってくれるのだ。ゴルフボールといってもふつうのものではない。百円ショップで売っている、黒い安っぽいものでなくては魔法は起こらない。それで背中をゴリゴリしてくれると、後ろの肉がいっぺんに消える。ウソー！　と叫びたいほど。

それから肩もやってもらうと、デコルテがぴんとなり、首がぐっと長くなる。顔はゴルフボールではなく、カズ先生の掌《てのひら》でひき上げてくれる。ものすごく厚くてやわらかい掌。

「マッサージ師の人から、千人にひとりの手、って言われたことがある」

それからうつぶした首の後ろを、ものすごーい勢いで指圧する。悲鳴をあげるほどの痛さ。目のツボを押すんだと。そして顔をあげるとびっくり。目がきりっとあがり、一・五倍の大きさになる。

「今度、撮影の前にこれやってあげるよ」

と約束してくれた。

それが昨日であった。「クロワッサン」のグラビア撮影である。「クロワッサン」の編集者、ライターのイマイさん、ヘアメイクの赤松ちゃん、スタッフは全員バレエヨガの仲間だ。みんな、

「マリコさんをうんとうんとキレイに撮ろう」

という使命に燃えて集ってくれた。そしてカズ先生にも撮影直前のマッサージを頼んでくれたのである。

ゴルフボール持参のカズ先生が、スタジオにやってきた。まずメイク室で首をボールでゴリゴリ、肩もゴリゴリ。最後に恐怖の首の指圧。出来上がった顔にみんなが、

「ウソー!!　ウソー!!」

の大合唱。やがて撮影が始まる。カズ先生は言った。

「窓の前に立ち、大きく腰をひねる。そして正面のカメラを見る。すると鎖骨がくっきり出るから」

本当にそのとおりだった。みんな叫んだ。

「ウソー!!　ウソー!!」

友情と愛によって完成したマリコポートレイト、皆さん見てください。

すごいぞ、マリさん

私がルーマニアに行くと伝えたら、ヘアメイクの赤松ちゃんが言った。

「絶対にこの美容液買ってきて」

私は知らなかったのであるが、ルーマニアは化粧品大国。いろんな会社が研究所を持ち、すごいものを開発しているそうだ。しかしなぜかあまり輸出しない。だから買ってくるしかないというのだ。

「このアンプル、すごい効きめらしいですよ。私の友人、五十個買い占めてきたぐらいです」

よーし、必ず買ってこなければと送ってくれた写真を保存した。

そして今、私はルーマニアのシビウにいる。シビウは毎年夏、有名な演劇祭が開かれるところだ。私は建築家の隈研吾さんとここで日本文化について講演することになっている。

シビウは中世のおもかげがある美しい街。中心部は古い市庁舎があり石畳が続く。この街に三百ぐらいのカンパニーがやってきていろいろなパフォーマンスを繰り広げるのだ。

今年は日本から夏木マリさんが来て話題になっている。

マリさんのツイッター（現X）を見ていると、既にシビウに到着したそうだ。空港でのファッションがものすごくキマっている。ミッキーマウスのTシャツにジャケットを羽織りサングラスなんて、大人のコーデ。

そのマリさんとは、偶然ホテルが一緒だった。朝ご飯の時にバッタリ。

「マリさん、今夜うかがいますね」

「すっごい人ばっかりで緊張しちゃうわ」

すっごい人、というのは私のことではなく、隈研吾さんと日本大使のことですね。今回どうしてシビウに来ることになったかというと、この大使から頼まれたから。実は大使とは古ーい友人なのだ。大使といってもまだ若く、別の省庁から出向している。英語がうまいのはもちろんのこと、ルーマニア語も習得しているのにはびっくりだ。

そして夜十時からは夏木マリさん率いる「印象派NÉO」の公演。このページでも書いているとおり、私はマリさんの大ファン。じっくり聴かせてくれる歌も素晴らしいし、そのパフォーマンスには圧倒される。

聞いたところによると、ルーマニアでも宮崎アニメは大ヒット。

「湯バーバの声をやった人」

ということで認知度も高いらしい。

古い工場跡につくられた小劇場で公演が始まった。若い舞踏団は黒ずくめで踊る。水色の照明の中、マリさんが踊る。息もつかせぬ一時間半。終わったとたんスタンディングオベーションが起こった。現地の人たちも興奮していた。

すごいぞ、マリさん。彼女のカッコよさは、すべての人にわかるんだとすっかり嬉しくなってしまった私である。

ところで例の美容液であるが、私たちのアテンドをしてくれる日本人ボランティアに聞いたところ、

「ふつうのドラッグストアで手に入ると思いますよ」

街には大きなドラッグストアがいくつもある。ルーマニアのマツモトキヨシであろうか。しかしあのような派手な看板はいっさいなく、シックな古い建物の中にあるので旅行客にはわかりづらいかも。

行ってみると、化粧品の棚がすごい。美容液やクリームだけでも、ずらーっと並んでいる。探しているメーカーのものもあったけれどアンプルはない。

「それならこの会社の専門店に行きましょう」

ということでショッピングモールへ。

ありました。探していたものが棚に。小さなアンプルの箱は一個二千円ぐらい。みんなにお土産に配ればきっと喜ばれるはず。何人にも頼まれてたし。

「二十個ください」

爆買いの中国人みたいなことを言った。しかし残念、在庫が十四個しかないそうだ。か

わりにハンドクリームを買ったのであるが、これがすぐれモノ。次の日には手の感触が違う。おそるべしルーマニアコスメ。

私に時間があったら、ルーマニアのコスメ輸入会社をやるのに本当に残念だ。

昨日の夜は、講演も無事に終わり、隈さんや大使夫婦と街の小さなレストランへ。この季節、店の多くは庭にテラス席をもうけている。ヨーロッパの夜はなかなか暮れなくて、八時過ぎてもあたりは明るい。そしてルーマニアワインの赤で乾杯した。たった三泊だったけれど、シビウ楽しかったなあ。今度はもっとたくさんパフォーマンスを見なくては。演劇祭の間、街中でもたくさんのストリートパフォーマンスが繰り広げられるのであるが、そういうのもちゃんと見たかった。

今日はこれからミュンヘンへ飛び、それからパリへ。パリはたった一泊だが古市クンと合流。今パリでいちばんおしゃれなレストランに行くことになっている。先々で友人と会う。

やっぱり旅はいいですね。

ヨリ、戻しちゃう？ マリコさんに

ルーマニアのシビウに出かけた私。帰りはパリに一泊することに。

古市憲寿クンからLINEが届いた。

「マリコさん、僕も今、ヨーロッパにいます。もうじきパリに行く予定。一緒にご飯食べませんか」

「パリは一泊だけだよ」

「じゃ、ランチを。僕の友人がパリで星つきのレストランやってます」

ということで、建築家の隈研吾さんと共にゆっくりとお昼ご飯を食べることにした。

「友だち連れていってもいいですか」

「もちろん、どうぞ」

やたら人脈が広い古市クン。パリでも有名ミュージシャンと一緒だった。そして連れてきたのが、現代音楽作曲家の渋谷慶一郎さん。パリ在住で、初音ミクのオペラをつくったりしている。フランスでも高い評価を得て、パリの有名人だ。

一見ちょっとチャラかったが、話してみると、教養溢れるとてもいい人であった。長くパリに住んでいるのでお友だちも多いそうだ。

「マリコさん、エルメスのお店連れていってもらおうよ。彼はエルメスの店員さんとも仲よしなんだよ」

と古市クン。

無理よ、と私はため息をついた。

「四年前にエルメスに行った時、たった一人いた日本人の店員さんにさ、ケンもホロロの扱いうけたんだよ」

私はバブルの頃の、昔、昔の話をした。いつもこうやって、若い人に嫌われるのはわかっているけれど。

「日本も私もお金持ちだった頃、パリのエルメスにはしょっちゅう来てたの。日本人の店員さんとはみんな友だち。よく一緒に食事に行ったりした。あの頃は無理なオーダーもちゃんと聞いてくれたもんだわ。日本の友人の分も受け付けてくれた」

パリ在住の友人は、エルメスのバーゲン（もうないと思う）に朝早くから並んで、私にお得なバーキンが手に入るようにしてくれた。今となってはとても信じられないような話であるが、バーキンのオーダー流れがバーゲンに出たのである。私は買わなかったが、

「イニシャルが入ってること多いけど、そんなの誰も見やしないわよ」

と友人は言ったものだ。

そんな時もあったのに、今、エルメスのお店は、私にとってとても遠いところになって

しまった。

「最後にエルメス行った時、顧客名簿にちゃんと載ってるはずだから見てください、って言ったのよ。それなのに、そんな名前ありませんって」

エルメスとお別れしようと思った瞬間であった。

「ダメだよ、マリコさん」

古市クンが叫ぶ。

「そんなのにめげないで、バーキン買おうよ。日本人だってちゃんとちゃんとバーキン買えるんだってことを見せつけようよ」

同じセリフを何回も聞いた。取材先のヨーロッパやカナダで、会ったばかりの通訳やコーディネイターたちが、

「ハヤシさん、いつもの買いっぷり見せてください。日本人もちゃんと買えるんだ、ってことを見せつけてください」

そんな言葉におだてられて、ブランド品をいっぱい買った私がバカだった！

「古市クン、今、日本も私もビンボーなの。円安でブランド品はとんでもない値段になってる。円安の今、とても私は買えません」

きっぱりと言ったつもりだったのに、今度は渋谷さんが、

「でもタックスフリーで買えるよ。バーキンはやっぱりパリがいちばん安いよ。フォーブル・サントノーレのお店行こうよ」

ということで、気がついたらタクシーで向かっていた。

久しぶりに行ったエルメスはものすごい混雑。中国人や日本人はほとんど見かけず、白人の客が多い。

渋谷さんは必死で日本人の店員を見つけてきてくれた。このあいだの人とは違う。ずっと感じいい。

「日本人の店員はあと二人おります」

ということは、あの人は……。こっちの彼女はハヤシさん、と私に呼びかけてくれた。

「昨日までファッションウィークで、商品は品切れ状態。でもなんとかいたしますね」

しかし彼女も人混みの中に消え、なかなか帰ってこない。渋谷さんは今度はフランス人の店員をつかまえ、私にバーキンを見せてやってくれと頼んでいた。

「彼女は有名な作家なんだ」

と英語のウィキを見せたり、とにかく一生懸命。そして彼女は顧客名簿をスマホで検索してくれたのであるが、ちゃんとありました。マダム・ハヤシ。

「次の時までには必ず用意しますから」

と彼女は申し訳なさそう。だが私は二人の男性が、私のために涙ぐましい努力をしてくれたことに胸がいっぱいになった。

今度はちゃんと買うね、バーキン。お金もないし、もういらない、と思ったけど、日本人の威信をかけて、ちゃんと買うね。ちっちゃいやつ。

プラダを着た理事長

先日、仕事がらみで元タカラジェンヌの女優さんにお会いした。

〝顔が小さい〟なんてもんじゃない。九頭身ぐらいであろうか。

脚がすーっと長くて、その先に顔がついている、という感じ。

ふと顔が小さいと、どんないいことがあるか、と考えた。

どんなお洋服も似合う。

パーツはそれほどでなくても、〝美人〟という印象を人に与える。

化粧映えする。

マスクをすると、ほとんど顔が隠れる……。

などといろいろあげられよう。

人に指摘されるまでもなく、私は顔が大きい。これはあきらかに遺伝で、私の母親も顔が大きかった。何人かの集合写真だと、ことさらに母の顔だけが目立つ。

そのために私は昔からかなり、ヘアスタイルには気を遣ってきた。ショートで左右ふくらませる、というのがいちばん小さく見えるとわかってからはそれに決めている。

幸いなことに、私の髪のボリュームはばっちり。サラサラと艶もある。これは○○菌と低周波のブラシのおかげかと思う。近所のサロン、といおうか美容院でも、

「この頃、髪の毛、めちゃくちゃいいね」

と誉められたばかりだ。

つい先日のこと、友人のホームパーティーに行った。例のバレエ・ヨガの仲間たちが、暑気払いに集ったのだ。私は人のうちのご飯が大好き。時間を気にせず好きなだけいられるし、秘密のお喋りも出来る。

その会場は最高であった。たまたま上京していた友人のお母さまが、おいしい料理をたくさんつくってくださった。おまけにメンバーの一人が調理師免許を持っていて、お母さんのフォローをする。肉の焼き加減なんて最高だ。

「これ、紀ノ国屋で買ってきたの？」

「ううん、近くのライフだよ」

とってもおいしいサーロイン。

ところで、バレエ・ヨガの仲間には、有名なヘアメイクさんが二人いる。その人たちからいろんなアドバイスをもらってるのは、なんて幸せなことだろう。その一人から、

「マリコさんの今の髪、すっごくいいよ」

と誉められた。嬉しい。カットがうまいということだ。

「今日のお洋服も素敵」

その日私は会議があったので、プラダの紺ジャケに、ジル サンダーの白いコットンのプリーツスカートを着ていた。

「今までマリコさんって、タイトスカートが似合うと思ってたけど、こういうボリュームがあるプリーツの方がいいかもしれない」

太って見えるような気がするけれども。

「ふんわりしていた方がバランスがとれるよ。マリコさんは手脚が長いから」

嬉しいなあ。こんなに誉められちゃって。そうかー、私は顔が大きいけど、脚が長いのね。

「そう、ヒップの位置が上にあるし」

他の人も言って、女性というのは、人のことをよーく観察しているもんなんですね。特に専門家たちは鋭い……。

そお！　私は手脚が長くてヒップが上。ただお肉が邪魔してふつうの人たちには気づかれないだけなんだ。これからはもっと自信をもとう。

さて、つい先週のこと。日本大学の理事長になって一年、記者会見を開くことになった。当日は、新聞や雑誌の人たち、NHKを含むテレビの人たちも来るという。

みんな私がヘンなことを言わないか、すごく心配している。私はQ&Aの練習をした。もう数字やあれこれを憶えなくてはいけないから大変である。

それと、

「プラダを着た理事長」

としてはもうひとつ心配なことが。そう、当日うんとキレイに映りたいということですね。そんなわけで、当日はヘアメイクの方にも来てもらった（もちろん自前）。

その時なぜか、ヘアメイクさんはいつものように髪をふくらませないで、ぴたっと左右に寄せた。

「この方がきりっと見えると思って」

その時私が、

「もっとボリューム出して」

と言えばよかったのだ。しかしなぜか言えなかった。プロの人に失礼かなあと思ったのである。

ぴたっとした髪の私は、はっきり言えばフケたやす子。やす子ちゃんは若くて可愛いからいいけど、私の場合、すっごく顔が大きく見える。

そしてやっぱり、テレビで見ても、ネットニュースで見ても、私の顔は大きい。おまけにヘンな表情を撮られてる。悲しい。

これで私の顔が大きいことは全国に知れわたった。今まで小さいとは誰も思ってもいなかったろうが、やっぱりつらいことである。

おまけにその日判明したのであるが、古市憲寿クンというのは、私との写真をかなり自分のＳＮＳにあげているのだ。それはいいんだが、顔が大きく映ってる。

ズルい古市クンは、ちょっと後ろの方に下がって、自分の顔を小さく見せようとしていたことを思い出す。全く、今日びの若い男の子というのは、もともと小さいのだから、こんな小細工しないでほしい。

スカーレットに憧れて

この世でいちばん面白い本は何か？　と聞かれたら、私は迷うことなく『風と共に去りぬ』をあげる。

何度か言ってるけど、壮大なストーリーを軸に、男女の恋が盛り込まれていく。ヒーローのレット・バトラーは、ある時代の女たちにとって理想の男性そのものであった。

しかしこの本はあまりにも長いので、ちょっと……、と思う人はDVDを見てほしい。監督がドレスに凝りに凝ってるから、主人公の衣裳が本当に素敵。映画の冒頭に出てくる緑色の花柄のオーガンジードレスとか、大きな麦わら帽子は見ていてため息が出る。それより何より、主人公を演じたヴィヴィアン・リーの美しさといったら……。

今のハリウッド女優たちもキレイだけれど、彼女はちょっと格が違う感じ。また現代はフェミやらいろんな思想が入って、女性の美を素直に讃《たた》えないようなところがある。が、この頃は違う。女優はあくまでも美しくなければいけないものなんだ。だから監督は、ドレスはもちろん、ライトのあて方も技を尽くしたと、ある本にのっていた。

ところでさっき、『風と共に去りぬ』は、あまりにも長い、と書いた。確かに戦争の部分は長々と続き、戦後の北部の経済復興シーンは、まるで専門書を読んでいるようだ。

「これをハヤシさんの手で、わかりやすいものに変えてほしい」

と編集者から言われたのが、今から四年前のこと。

「戦争シーンが長過ぎて、若い人は読まないんですよ。これってものすごくもったいないと思いませんか」

確かにそのとおりで、私はもう一度原作を読み返してみた。そして思いついたのが、この小説をスカーレットの一人称にすること。そうすれば、戦争の描写は、彼女が見た範囲にとどめることが出来る。何より彼女の心理をきめ細かく書けるのだ。

こうして長い月日をかけ『私はスカーレット』が完成した。最初は文庫で、今回は美しい愛蔵版の上下巻。ちょっとクラシカルな、とても美しい装丁だ。

これを記念して、サイン会を行うことになった。サイン会なんて四年ぶりだ。コロナの間中は、どこの出版社も作家も自粛していたのである。書店に行くと、

「百枚の当日券は、あっという間になくなりました」

久しぶりなので、皆さんも待っていてくれたらしい。私もちょっと緊張。決められた場所に行くと、もう長い列が出来ていた。

皆さん、本当にありがとうございます。

一人ひとりのお名前を書いて、それから握手。この際、皆さんがおっしゃることはたい

てい二つ。

「テレビで見るより、ずーっとキレイ」

「全然太ってなんかいない」

いや、いや、本当のことです。しかしみんなからあまりにも、キレイ、太ってない、と言われると、私っていったいどういうイメージなのかと思う。

そして多くの方が、手紙やお菓子をくださるんですね。中にはぬいぐるみや携帯扇風機も。


こんな手紙もあった。

「スカーレット・オハラと、林さんっていうのはぴったり重なります。スカーレットと林さんってすごく似てますよね」

そんなことを言われるのはとても嬉しいけれど、絶世の美女で傲慢な彼女と、気を遣って小心の私とはまるで違うと思う。だからこそ、私はスカーレット・オハラに憧れ続けたんだ。

私は『アッコちゃんの時代』という本を書いた。バブルの時代、女性が美しい、というだけではっきりと価値を示されたのだ。

キレイな女の子は、ディスコにタダで入れるだけではない。ちゃんとお金をもらっていた。私の担当の女性編集者（美人）は、大学生の頃、助教授に頼まれおじさんとご飯を食べると、帰る時に五万円入りの封筒をもらっていたそうだ。今では大問題になるかも。

私の本のアッコちゃんは実在の人物で、女子大生の頃、地上げの帝王といわれたおじさんの愛人となった。その後は有名音楽プロデューサーの奥さんになったのだ。

「あの頃はいくらでも男の人が寄ってきて、いろんなものを買ってくれました。とにかくちやほやしてくれて、どんなこともしてくれました」

当時飛行機のファーストクラスは、そういう若い女性とおじさんのカップルでいっぱい。だけど今の美人はちょっと可哀想かもしれない。昔ほど露骨に区別したり、親切にすることはないような気がする。自立だの、ルッキズムの問題で、女性たちも自分の容姿を誇示するのははばかられる風潮がある。

そんなわけで、美人でまわりを圧倒したスカーレットは、やはりカッコいいなあと私は思う。私と似てるって生き方ですよね……、ハイ。

ウィスキーはいかが？

もうじき夏休み。

大学というところは、一ヶ月お休み出来ると思っていたら大間違い。なんだかんだと仕事がある。一斉休暇は一週間だけだ。

今年は軽井沢にしばらく行こうと思っていたら、聞こえてくるのはタクシー不足の声。何度か行っている友人たちが言う。

「人気のお店を予約しても、そこのお店に行けるかどうかわからないよ。タクシー会社に電話しても、今、混み合っています、っていうテープがまわっているだけだもの」

というわけで、近くのお店で食べるか、コンビニみたいなところで食材を買ってうちで食べるしかないみたいだ。

軽井沢の楽しいところは、友だちにいっぱい会えるということ。東京では忙しくてなかなか会えない人たちが、わりとヒマをもて余している。彼らの別荘に遊びに行って、だらだらお酒を飲むのはとても楽しい。バーベキューパーティーに誘われることも多くて、そこではビールをたくさん飲む。しかしタクシーを呼んでも来ないなら、夜遊びなんて出来

っこない。残念だ。

ところで私はお酒が強いと思われているが、確かに強いかも。しかもお酒に対して昔から理性的である。

「酔っぱらっているのを見たことがない」

と言われるが、ちょっと酔いが来たなあーと思うとウーロン茶に切り替える。今はそんなことはないけれど、昔の女の子は酔っぱらっては男の人に甘えていた。

「仕方ないなあ」

なんて言いながら、男の人は酔ったコを嬉しそうに送っていった。が、私はずーっと自立していた。ちょっと酔っても、ちゃんと割りカンの分を払い、ひとり電車に乗って帰った。あの頃の私を思い出すと、けなげで涙が出そう。どうして酔いにまかせて、大胆なことをしなかったんだろうか。していたら人生変わっていたかもしれないのに……。

まあ、それはともかく、私はお酒と女性とのかかわりについて考える。そして断言出来るのは、ワインが流行り始めてから、女性とお酒との関係は変わったということ。

バブルがはじけても、日本人はワインが大好きのままだった。勤勉な日本の人々は、ワインを茶道や華道のようにマジメに勉強した。最初、女性たちはお金持ちの男の人に、いいワインをおごってもらっていたのであるが、デキる人たちはそれではもの足りなくなった。

男の人にレストランで、五万円のワインをおごってもらいウンチクを聞かされるよりも、自分で五千円のワインを飲んだ方がずっと楽しいことを知った女性たち。

私の幼なじみは、CAでソムリエ資格をとった一号だか二号であるが、本当によく勉強していた。

「ワインを知って人生の本当の楽しさがわかった」

そうで、結婚もせず未だによく飲んでいる。

ある男の人は、やや非難がましく言った。

「ワインリストを拡げて、女性がソムリエと丁々発止やっているのは日本だけだね」

海外では絶対にそんなことはないそうだ。ワインは男の人が選んで、おごってもらうものと決まっているから。だけどそんなのはつまらない。人におごってもらうよりも、ソムリエの人と相談しながら、あれこれ教えてもらいワインを選ぶ方が、はるかに楽しく面白いに決まっている。

そんなわけで、私はワインが大好きでよーく飲んでいたが、この頃まわりで異変が起こった。おしゃれな人たちの間で、突然ウイスキーブームが起こっているのである。

日本のウイスキーが、やたら値上がりしたブームとはちょっと違う。もっと能動的だ。蒸留所を自分でつくった人も何人もいる。小規模で出来るみたいだ。仲間と共同で会社をつくり、自分好みのウイスキーをつくるらしい。

「マリコさん、今ウイスキーにめちゃくちゃ凝ってます。一度飲みに来て」

と言うので昨日友だちのうちに行ってきた。彼女はお酒に弱いのに不思議だった。

「でもウイスキーは別」

食事の時はハイボールをつくってくれた。その後は居間に行き、小さな棚を開けた。そこにウイスキーの瓶とグラスがぎっしり。驚いた。いくつかの瓶をとり出し、グラスにほんの少しずつ注ぐ。

「これはパリでだけ売ってるウイスキー。この味が大好きで、シリーズで集めてるの」

「これはスコットランドの名門中の名門」

一本一本にストーリーがある。味も香りも、喉に落ちていく感じもすべて違う。グラスもちまちま出して、まるでおままごと。そう、わかった。彼女がどうしてウイスキーにはまったか。

ワインは一本飲むと消えてしまう。だけどウイスキーは違う。ちびちび注げばずーっと瓶はそのまま。コレクションしてる感ははるかに強い。美しい瓶を集める喜び。ウイスキーって女性にぴったりのお酒なんだ。

オーダーメイド！ in 金沢 ユーミンの

私の好きなアイテムに、ボウタイブラウスというのがある。かっちりした白いブラウスも好きだけれど、甘い感じのボウタイブラウスは格別。このところ大活躍しているのは、プラダのピンクとパープルのブラウスだ。

先日、表参道のバレンシアガで、とてもゴージャスなボウタイブラウスを見つけた。重みのあるシルクで、華やかなプリント。それだけでドレスに負けないぐらいの存在感。欲しいと思ったが、中に入る勇気がなかった。ものすごく高そうだったし、サイズが心配だったのだ。

通るたびに眺めていたのであるが、一ヶ月ぐらいで消えてしまった。願わくば軽井沢のアウトレットで再会出来ますように。

さて最近、ユーミンと対談した。いつもおしゃれなユーミンが、どんなお洋服着てくるかは本当に楽しみ。ネイルからアクセまで何ひとつ隙がないのだ。

その日のユーミンは、紺のジャケットに白いボウタイブラウスという、やや堅めのスタイル。しかしヘタすると教師風のこのコーデを、ブラウスが華やかなものにしている。かなり大きめのリボンが素敵なのだ。

「それ、いいねー」

「オーダーメイドよ」

ブランド品だとばかり思っていた。

親切にもユーミンは、こんな話をしてくれた。

金沢に一軒の洋品屋さんがあり、そこの地下ではシャツのオーダーを引き受けてくれる。ずらーっと生地が並んでいて、好きなものを選び、好きなデザインにしてもらえるそうだ。

「行く、行く、絶対に行く！」

お店の名前を教えてもらった。

そして先週、用事があって金沢に行くことになったのだが、私がまず向かったところはこの洋品屋さんである。お気に入りのプラダのボウタイブラウスを着ていった。

古い繁華街にあるそのお店は、クラシックなつくりになっていて、壁紙や階段の手すりの具合いが英国風。お店には朝ドラ「らんまん」のポスターが。

「出演者の方のシャツをつくっているんです」

そうか、あのドラマは今、明治から大正、男性はハイカラーを着ている。

「うちは九十年前に神戸から引っ越してきました」

とおっしゃるご主人も、白髪がとてもカッコいい。白いカラーのストライプシャツがきまっている。

「この店は昭和三十六年に建て替えたんですよ」

空襲がなかった金沢は、こういう古い商店が残っていたそうであるが、今は都市開発で姿を消しているそうだ。

かなり急な階段を降り、ハリー・ポッターの映画に出てきそうな作業室へ。確かに生地の反物が並んでいるが木綿が多い。

「うちは紳士ものが多いんで、シルクはあまりないんですが」

ということで、まず白のコットンを注文。それから私の大好きな青いギンガムチェックを選んだ。

「お届けは九月になりますよ」

それならばと、秋らしいチェックもオーダーしたが、これはボウタイではなく、白いカラーにしてもらった。

三着だったのでかなりのお値段であったが、ブランド品のブラウスよりもはるかに安い。仕上がりが本当に楽しみだ。

ところでその夜、地元の知り合いと夕食をとることになった。場所は駅前のビルの中にある加賀料理店。

そこの廊下を歩きながら、私はあることを発見した。ビルの一階にあるお鮨屋さん。

「ここってYじゃん！」

Yは伝説のお鮨屋さんである。以前は別の場所にあり、私も金沢に来る時はよく寄っていた。

地元の人が言うには、

「あそこの親父は腕は最高だけど、ギャンブル大好き。負けた時はお鮨の料金高くなるよ」

そのうち突然ご主人が消えた。借金で夜逃げした、という噂が流れた。そんなある日、金沢の人が京都の割烹カウンターに行った。彼の食べ終わった皿を受け取ろうとする手が、のれんの陰からぬっと差し出された。その手に見憶えがあった。

「Yの手だ！」

洗い場でバイト中のご主人は探し出され、金沢の財界の人たちは力を合わせて再び出店させたのだ。そして今やこの店は超人気店になり、予約困難となった。わざわざ東京から食べに来る人たちがひきもきらない。

「月曜日が予約日で、四ヶ月後の予約が出来るんです」

「今日は月曜日じゃん！」

ということで店に入り、四ヶ月後の予約をとった。なんと十一月の末。

ブラウスも重要であるが、おいしいものも重要。これが私の生き方。デブでサイズを気にしながら生きると決めた金沢の夜。

仲よくね♡

夏休み、私は軽井沢で過ごす予定であったが、諸事情によりおうちでお仕事。

一緒に行くはずだった姪が、新幹線のチケットをとりにやってきた。

彼女は外資のＩＴ企業で広報をやっているバリキャリ。頭と性格がよくて私の自慢の姪だ。やってくるなり、

「伯母ちゃん、私、やっと車の免許とることにしたよ」

「え、そうなの」

「軽井沢行っても、私ら車がないから遠くに行けないじゃん。ツルヤに買い物にも行きにくいし。私、来月から教習所行くことにしたよ」

「事故には気をつけてね。私のせいでなんかあったら大変だから」

「大丈夫だよー」

そして婚活の話をした。彼女も例にもれずアプリを活用していたのであるが、あまりに

も〝不作〟でやめてしまったとか。

うちの姪は英語と中国語が出来るので、アジアの人オッケー。

「世界に目が向いてるから、話をしていてもすごく楽しい」

白人はあんまり好きじゃない。

「前にアプリで出会ったシンガポール人、いい人だったよ。結婚するまでにはいかなかったけど、今でもいい友だちだよ」

秋になったら、もっといいアプリでやってみようかな、ということで帰っていった。

ちなみに大手出版社で、私の担当の男性編集者二人は、どちらもアプリで相手を見つけた。一人はもう子どもがいて、もう一人は婚約中だ。

「東大出ていて、誰でも知っている出版社の人がアプリやる時代なんですねー」

と、うちの秘書が感心していた。

彼女のことはもうお話ししていると思うが、二年前まで某大手航空会社でCAをしていた。

コロナで仕事がなくなったのと、「本が好き」という理由でうちに転職してくれたのだ。よく働いてくれて、仕事は完璧。CA仕込みのすばやさで、私がジャケットを脱ぎかけると、さっと後ろにまわってくれる。送ってくれる時は頭を深々と下げ、

「いってらっしゃいませ」

そこまでしてくれなくても、という感じでドギマギする。

よく気がついてすんごい美人。本来なら若い男性編集者がちやほやしても不思議ではない。

以前うちにいた若い女性秘書は、大手の出版社の編集者たちとやたら合コンしていた。しかし現秘書の彼女は決して浮わついた性格ではないうえ、可哀想なことに私が大学に通っている。ゆえに仕事場で毎日ひとりぼっち。

それなのにきちんとお化粧をし、ブラウスにタイトスカート、ハイヒールというきちんとした格好で出勤する彼女って、本当にエラいと思う。私なら毎日Tシャツだな。

その彼女であるが、最近おつき合いをしている人がいる。とても楽しそう。ますます綺麗になってきた。

彼女とたまたま夕ご飯を食べていたら、

「彼の気持ちがよくわからないんです」

と、突然恋の相談。

「昔の彼女の話を私にするんです。彼女の話をするってことは、その人のことを忘れられない、ってことじゃないですかね」

何をネンネのこと言ってるの、って感じ。

「そりゃ、自分がモテてた、ってことを言いたいに決まってるじゃん。あの人、そんなにモテないと思うけどね（相手知ってます）」

「そうでしょうか」

彼女は深いため息をついた。

こんな純粋な恋バナを聞いたのは何年ぶりであろうか。私のまわりはみんなトシなので、聞こえてくるのは不倫の話ばかり。しかもみんな、そろそろフィニッシュにかかろうかという時になる。

「彼が奥さんのところに帰ろうとしている気配がある」

「もう籍を入れてくれないのが口惜しい」

などとドロドロしたことになる。

そうでなかったら、ものすごく割り切った関係。私のまわりに独身はすごく多いが、たいてい誰か相手がいる。同棲しているか、週末を一緒に過ごす、という感じ。

「もう空気みたいなもん」

という言葉どおり、二人を見ていてもサバサバしている。つき合っている男女、という感じでもない。

「別れる理由もないし」

ということらしい。

そんな中にあって、久々の若々しい恋の相談。かなり新鮮であった。

「私みたいな者でいいのかと……。いじいじ」

「あちらのご両親と一緒に遊びに行くことになっているのですが、うまく打ち解けられるでしょうか……。いじいじいじいじ」

しかし途中でめんどうくさくなる私。

「そんなん、自分で考えなよ」

ちゃんと答えは出てるじゃん。あ、いけない。恋バナは答えなんて誰も求めてない。聞いてあげることが肝心だってこと、つい忘れてましたよ。

合コン作戦成功!?

「マリコさん、娘に誰かいい方いないかしら」

昔からの友人が言った。

前から書いているとおり、〝仲人おばさん〟として名高い私。いくつかのカップルをまとめてきた。しかし今や、私のお節介や親切心は、アプリにとってかわられようとしている。

このあいだ男性の担当編集者と話していたら、三人のうち二人はアプリで相手を見つけていた。一人は子どもがいて、もう一人は婚約中。

そんなわけで、誰かいませんか、と聞かれたのは久しぶり。

「仕事に夢中で、とっくに三十過ぎちゃったの。本人は結婚する気はあるんだけど、でもねー、うちの娘、男の人が近寄ってこないらしいの」

と写真を見せてくれた。それを見て私は叫んだ。

「これじゃ、誰も近寄ってこないよ！」

ブサイクだからじゃない。それどころか、とんでもない美女。ハーフのような彫りの深い美貌。しかも彼女はアメリカの一流大学を出て、外資のコンサルタント会社に勤めている。

「ふつうの男性は敷居が高過ぎて無理かも」

こんなすごい女性と釣り合う男性がそういるとは思えない。が、私はふと思いあたることがあった。

「そうだ、Aさんに頼んでみよう」

Aさんは取材で知り合った官僚。永田町の中でも一、二を争う重要省庁で働いている。もちろん超エリートなのだが、私と親しくしてくれるぐらいだから、さばけていて面白い人。きっと誰か独身を紹介してくれるに違いない。

「そんなわけでね、学歴もすごいし、美人過ぎるから、男の人が寄ってこないのよ」

とLINEしたら、

「うちの人間は、世界中で自分たちがいちばんエラいと思っている連中だから、敷居が高い女性なんていないよ」

という返事。そしてこんな提案をしてくれた。

「実は誰か紹介してくれって僕もいろいろ頼まれていて、見合いを兼ねてバーベキューパーティーをすることになっているんだ。うちの若手で、独身、彼女なしを六人集めたからそこにきたら」

友人に連絡したら、

「ぜひお願いします。娘を行かせますから」

「えーと、今さらだけどお名前は」

「B子って言うの」

「わかった、バーベキューの場所を教えるね」

などとやりとりをしていたら、いつものように姪が遊びにやってきた。この話をしたら、

「私も行く、行く」

と目を輝かせた。

「世界でいちばんエラい、って思ってる人たちと会ってみたい」

「感じ悪いかもよ」

「でも一度見てみたいよー」

わが一族の血をひいて、好奇心のカタマリみたいな姪。このあいだまで、やはり婚活アプリをいろいろやっていたが、「不作でやめた」ということだ。

「私の友だちのお嬢さんも行くからよろしくね」

と写真を見せたら、

「えー、すっごい美人じゃん。しかもあそこに勤めてるなんてめちゃくちゃすごい」

そういう彼女も、外資のITで広報やってるバリキャリ。気が合うかも。

さてバーベキューの夜、私は行けなかったので秘書に差し入れを持っていってもらった。

缶ビールとワインを幹事役の私の友人に渡したら、

「よかったら参加していきませんか」

と誘われたそうだが、めっそうもないと断ってきたそうだ。せっかくの合コン、行ってくればよかったのに。

途中で姪が写真を送ってくれた。夕暮れのテーブルに向かい合う女性六人と男性六人。女性はいかにもお嬢さまっぽい人と、港区女子が入り混じってる。姪っ子とB子さんは隣同士。

「おばちゃん、テーブルの上にこんな紙が置かれてたよ。笑笑」

それは彼らの東大卒業時の年と、所属部署であった。ふーむ。

そしてしばらくたってから送られてきた写真。それはB子さんがくつろいでカクテルを飲んでいる写真だった。

「B子さんとすっかり意気投合して、二人で二次会。本当に頭がよくて素敵な人」

「肝心の〇〇省はどうなった？」

「なんかさ、あんまり女性に気を遣わない感じだったかなー」

ＬＩＮＥも交換しなかったようだ。そんなことより姪はB子さんと仲よくなり、もう大喜びだ。

「これはこれで運命の出会いだったかもね」

「さすがおばちゃん、うまいこと言うじゃん。笑笑」

なぜか大ウケだった。

続きを見せて

私は果物の中で、梨がいちばん好きかも。わが故郷の名産品、桃や葡萄ももちろん大好きであるが、どれもとても甘くて、大量に食べるとつい罪の意識にとらわれる。その点、梨はそれほど甘くない（ような気がする）。半分食べるとお腹がいっぱいになり、ダイエットにいい（ような気がする）。

何より私は、梨をむくのだけは好きなのだ。梨はリンゴよりもはるかにむきやすい。するすると包丁が動く、あの快感。

多めに切って冷蔵庫で冷やしておき、それを食べながらテレビを見るのは本当に幸せ。しばらくＮｅｔｆｌｉｘに凝っていたことは既にお話ししたと思う。しかし最近世の中は、みんなが「ＶＩＶＡＮＴ、ＶＩＶＡＮＴ」と言っている。放映日の翌日は、感想がネットを賑《にぎ》わせているほどだ。

なのにこの私は、この流れから完全にはずれてしまった。第一話から見ていないので、友人たちの話題についていけないのだ。

「めちゃくちゃ面白い」

と皆が口を揃えて言うものが一度も見られないとは。ちょっと前までは録画している友人がいて、そのブルーレイディスクを借りたり出来たのであるが、今はほとんど内蔵である。いったいどうしたらいいのか……。

「そうだ、あの人に頼もう」

私が長いこと連載をしていた「週刊朝日」の編集部に、「ひとりTSUTAYA」を自称する女性編集者がいた。四台のテレビに、ドラマを予約させているのだ。

芸能人と対談する時、その方が連続ドラマに出演中だと、よく彼女の力を借りた。

「水ドラの一話から五話まで」

と頼むと、すぐに担当編集者のところに持ってきてくれるのだ。ところが、ご存知のように、週刊朝日は休刊してしまった。自分のために、彼女にメールするわけにはいかない。

メカに強い私の秘書は言った。

「ハヤシさん、TVerを見ればいいじゃないですか」

見逃し配信というやつだ。

「一話から見られますよ」

と彼女は言い、私の留守の間にすぐに見られるように設定してくれた。さっそくうちに帰り、一話を見たら、噂にたがわぬ面白さ。すごいスケールに圧倒された。砂漠を中心にした映像が続く。モンゴルを旅した私にとって、懐かしい景色もある。後で聞いた話であるが、このドラマは一話が約一億円の制作費。ふつうのドラマの三倍ほど使っているそうだ。だからこんなすごいロケが出来るのだそうだ。

ひと息に三話まで見た。四話にまたすごい展開になりそう。ところがどうしたことであろうか、TVerは、三話が終わると次は六話になり、四話と五話が抜けているのだ。

土曜日と日曜日、続きを見ようととても楽しみにしていたのに……。いても立ってもいられない。身悶《みもだ》えする、というのはこういうことか。

「何かあったらいつでもメールしてください」

という秘書の言葉に甘えてさっそく……、

「休みのとこ悪いけど、四話と五話が見られないんだけど」

「ちょっとお待ちください」

ややあって、

「ハヤシさん、TVerの見逃し配信は三話までしか見られないんです」

「なんてこった……、ひどい」

これを見るために、心と体が機能している。本を読もうにもまるで頭に入らない。

「ハヤシさん、有料の別の配信サービスなら見られると思います。今からそちらに行きましょうか」

「とんでもない」

自分の楽しみのために、土曜日に来させるというのは、今の世の中、立派なパワハラになるのだ。

私は何年か前に読んだある小説を思い出した。上巻を持って新幹線に乗り、夢中で読んでいたら、静岡ぐらいで読み終わった。

「続きを読みたい！」

読みたくて頭がおかしくなりそう。次の駅で降りて、駅前の書店に走ろうかと思ったぐらいだ。続き、続き、続きを見せてくれ〜、と泣き声を出されるぐらいのものを創りたいと、すべてのクリエイターは思っているわけだ。

ところで記録的に暑かった夏も、もうじき終わろうとしている。私にとって長く長くつらかった夏。予定していた軽井沢行きもすべておじゃん。いつものように姪と行くはずであったが、彼女に新幹線のチケットを二枚渡した。

「友だちと行ってきなよ」

姪っ子は写真を送ってくれた。実はこの夏、別荘の家具をちょっと入れ替えたのだ。今までは近くの量販店の安ーいものにしていたのであるが、なんかそれだとショボい感じ。建物自体が昭和の古いものなので、全体的に沈んでしまう。それで今回、テーブルとソファをイタリア製のものに。すると部屋全体のクオリティがぐっと上がったではないか。

夏は終わろうとしている。秋の軽井沢に行かなくては。

秋の誘惑

さらば？　いとしのケリー

着物雑誌を見ていたら、とても素敵な訪問着を見つけた。サーモンピンクの色合いが上品で、とてもいい感じ。金の刺繍《ししゅう》が豪華。

「いったいおいくらかしら」

こういう雑誌では、着物や帯の値段は出ていない。着物の値段というのは、本当に謎なのだ。しかし私は、ここの雑誌の元編集長と知り合い。さっそくＬＩＮＥしたところ、彼女から、

「撮影に使ったから、たぶん安くなると思うわ」

私もよく知らないのだが、撮影に使う着物はすべて反物だ。そりゃそうですよね。まだ売られてないんだから。それを粗く仮縫いして、モデルさんが着てもおかしくないように仕立て、着つけるのはかなりのテクニックだとか。そしていったんそういう風に使われた着物は、安くなることがあるんだと。よく洋服や靴でも「モデル使用」といって、ディスカウントされることがある。

やがて返事があった。

「着物はお安くしてもらい〇〇万円、帯は〇〇万円」

かなりの値段である。

このところあまり仕事をせず、印税も入ってこない私には、とても無理かも。その時ひらめいた。

「断捨離をしよう！」

ブランド品高値買い取りのチラシがやたらと来ていた。昔のバッグを、とんでもなく高値で買ってくれるのだ。中でもいい値段で売れるのはもちろんバーキン。

ここで熱心な読者は、四年前ぐらいに私がクロコのバーキンと、ケリードールを売ったことを憶えているかもしれない。クロコのバーキンは、買った値段で売れ、

「使用品なのにラッキー！」

と喜んでいた私は、なんてお人よしだったんだろう。羽田で払った税金を忘れていた。たぶん、あのクロコのバーキンは、二倍の値段をつけられ売られたはず。

もうあんなめには遭わない。うんと高値で売ってやる。私は棚からブルーのケリーを取り出した。このケリー、色が目立ち過ぎてあまり使っていない。それから机の上に長く置いておいた、エルメスのクロコの財布。これは新品だ。かなりいい値段がつくはず。

申し訳ないが秘書に行ってきてもらう。

「この二つで、たぶん着物代ぐらいになると思うからよろしくね」

しばらくして彼女からＬＩＮＥが。

「あまりにも安かったので、持ち帰ってきました」

私のブルーのケリーは、たったの××万円。

「ひどい、どうして」

「今、青色は流行らないんだそうです」

そんなこと、誰が決めたの。クロコの財布もびっくりするような安さ。

「これ、ふつうに買ったらこの三倍するよ」

「箱がないからじゃないですか」

着物を断念するか。が、もう呉服屋さんから送ってもらっている。

「いいよ、あのコを呼ぼう」

よくこの連載でも出てくる私の姪。あのクロコのバーキンを高値（当時は）で売ってきてくれた。

「関西人の血がさわぐ」ということで、何軒もまわってくれた。おかげでおもちゃみたいなケリードールは、買った時の五倍の値段で売れたのだ。

「おばちゃん、まかせて」

彼女は言った。

「写真に撮ってくれれば、私、お店まわってみる」

実は秘書が向かった先は、姪が銀座でいちばん高い値段をつけてくれたという、エルメス専門店なのだ。

「ついでにこれも」

シャネルのバッグも撮って送った。

「今、シャネルの値段、高いからいいかも」

「よろしくね！　私、すごく欲しい着物あるの」

そう、欲しいものは日ごと変わっていく。健康な物欲は、人生にとても必要なこと。欲しいものは出来る限り手に入れよう。あきらめることに慣れていくと、つまらない人間になっていく。

欲しいものがある。だけどお金がない時、どうするか。まさかパパ活というわけにもいかない。

そういう時のために、メルカリとか買い取り店ってあるんですよね。手放すものは、いらないものとは限らない。私がいらないものは、たいてい他の人もいらないもの。惜しくて惜しくて考えるものは、他の人が欲しいもの。エルメスのバーキンがそう。

だから新しく欲しいものと、惜しいものとをハカリにかける。これってむずかしいけれど、結構楽しい作業である。それにしても、その昔、

「バーキンは女の貨幣である」

と看破した私はすごい。誰も誉めてくれないけど。

ところで着物は、どんなに高いものでも、売る時は二束三文の扱いをされる。本当に理不尽な話だ。

シャツたちのお迎え

今日、金沢から荷物が届いた。

例のテーラーでつくった、三枚のシャツが出来上がったのだ。開けてみて、秘書と共に歓声をあげた。

「素敵！」

白い定番のシャツ、秋に向かっての白衿のチェック柄、それから青のギンガムチェック。

さっそく青いチェックを着てみたら、さすがに仕立てたものだけあって体にいい感じに寄りそう。

「すっごく痩せて見えますよ」

と秘書。胸元のボウも可愛い。

もともと私はギンガムチェックが大好き。子どもの頃に読んだ『赤毛のアン』には、よくギンガムチェックのことが出てくる。彼女が初めてつくってもらった、おしゃれなドレスは、確か茶色のギンガムチェックであった。

それから長いこと、私はチェックを身につけてきた。ブラウスやワンピだけではない。

ランチボックスを包む布、トートバッグ、文庫本のカバー、思えば私のまわりにはいつもチェックがあったっけ。

このギンガムチェックのシャツたちをみなに見せびらかそう。

私はSNSはしないかわりに、まわりの親しい人たちにはすぐに、いろんなことを送りつける。

「ユーミンが教えてくれた、金沢のテーラーでつくったんだよ」

と、まずいつものバレエヨガの仲間に送ったところ、

「似合う！」

「可愛い」

という賞賛の嵐。中にファッション誌の編集者がいて、

「こういうオレンジのスカートと合わせるといいかも」

と写真を送ってくれた。オレンジ色のスカートと合わせるなんて考えもしなかった。

テツオにも送ったところ、ナイス、と誉めてくれた。

「来週、焼き肉食べる時に着てきなよ」

「タレがつきそうでイヤ」

「そういう考えはおしゃれじゃないよ」

なるほどね。しかし焼き肉を食べる時に、白いシャツを着ていったりする人がいるだろうか。黒か紺がふつうのはず。

しかも焼き肉を食べる相手は、気のおけない人に決まっている。別におしゃれして行かなくてもいい、と思いませんか。

私はこの頃、洋服の〝てり〟というのをよく考える。夜、人と食事をする時、あるいはお芝居を見にいく時、コットンではなく、ちょっとした輝きが欲しいなあと思うのだ。それは上質なシルクだったり、ラメ入りの生地だったりする。そういうのって肌をとても綺麗に見せてくれるはず。しっとりとした女らしさもアップ。

コットンのギンガムは、私に元気をくれるけれど、シルクは私にたおやかな雰囲気をくれる。どちらも着こなせる女性になりたいものだ……。なんてキレイごとに終わるわけでもなく、今私につきつけられているのは、

「秋冬ものは高い」

という現実。前から高かったが、このところ円安で、二十パーセントぐらい上がったような気がする。あまりの値段に、

「このジャケットは、ちょっとパスするわ……」

店員さんも、

「そうですよね……」

と言葉少ない。ファストファッションに挑戦する、というテもあるが、私は何度かやった結果、

「ああしたものは夏限定」

という結論が出た。若い人なら着こなせる、ファストファッションのウールの質感は、トシマにはきつい。いっきに全体がしょぼくなってくる。

やはりそれなりのものを買わなくてはいけないのであるが、何度も言うようにこのところ本も出せず、チープへの道を歩いている私である。

「やっぱりあれを売るか」

そう、長年たまったバッグのコレクション。エルメス、シャネルの数々……、というほど持っていないが、今、金と並んで最高値がついているという。

秘書に買い取り店に持っていかせたところ、あまりいい値がつかなかったことは、既にお話ししたと思う。そこで姪に頼んだ。そう関西人の彼女は、こういうことが得意なのだ。

「とりあえず、お店に問い合わせるから写真送って」

ということで、何点か撮影した。彼女はいろいろ問い合わせをしてくれたのであるが、

「おばちゃん、仮査定してもらったけど、やっぱりあんまりいい値段つかなかったよ。これは中国の景気が戻るまでもう少し待った方がいいかもね」

そうか、今は中国の不動産が落ち込んでいる。中国人の団体観光客もまだ戻ってこない。あの方たちが再び日本に来て、爆買いしてくれるまで待つ方が賢明か。

ファッションを決めるのは、年齢や体型、センスだけではない。まわりまわって国際情勢も関係しているんだ。

〃ごきげんよう〃なこの頃

この喜びは、いったいなんといったらいいのであろうか。ものゴコロついてから、初めての体験である。モテるようになった、というのではない。便秘が解消されたのである！

このページでも何回か、その苦労を話してきた。若い時からものすごい頑固な便秘。あまりの痛さにのたうちまわって、救急車を呼んだことがある。

そんなわけだから、便秘剤は欠かせない。最近は病院でもらった液体を使っていた。が、外でお腹が痛くなると困る。よって使うのは週末だけ、ということに。遠出の外出時は使えない。つらい日々。そう、私は長いこと、腸に人生をふりまわされてきた、と言ってもいい。これはわかる人にはわかると思う。

ところが最近、例の○○菌が効いてきた。朝起きてのヤクルト1000もよかったかもしれない。それから朝食にシリアルに牛乳をかけたものも。

夜寝る前の○○菌、そして朝起きてのヤクルト1000、冷たいシリアル、乳酸菌と食物繊維のうまく組み合わさったこのトリオが、私に奇跡をもたらしてくれたようなのだ。

毎日、晴ればれとした気分。イヤなことがいっぱいあるけれども、とりあえず、朝は幸せな気分になれる……。

○○菌は、さらに私にとって素敵なことをもたらしてくれた。髪がサラサラとしてきて、しかもボリュームが出てきたのである。サロンにはめったに行けなくなったというのに。

このサロンのことも、前にも話したことがあると思う。おニイさんが一人でやっている、サロンというよりも美容院。朝の八時半からオープンしているので、私にとってはとても便利であった。ブロウしてもらってから出かけられるのだ。

おまけに一人でやっているから、いろんなお喋りが出来る。そこのおニイさんは、わりと知的でシニカルで話が合った。近所に住む私の友人を紹介したところ、ワガママにものすごくふりまわされているようだ。彼女は携帯でよく人を怒鳴っているので、

「自分もこんなめにあったらどうしようか」

とドキドキするという。

「でもあの人のおかげで、僕は初心に戻れたような気がする。ビシッと言われるのも気持ちいい」

なんかよくわからん。

とにかく彼は町内の動向にも通じていて、ブロウしてもらっている間、話題にはことかかない。近くのスーパーが閉店した時、今度はドラッグストアになると最初に教えてくれたのも彼であった。

そんな彼の元には、近隣の中高年の女性たちが通う。近くに高級住宅地があるので、そこのマダムたちも。みんな地元を愛する人たち。青山や銀座に行かず、ここでカラーリングやパーマも済ませてしまう。

A夫人もそんな一人だ。この店ですれ違うようになり、道端で会うと挨拶する仲だ。どういうことのないお洋服をお召しであるが、あたりをはらうような気品が。

「そりゃあそうだよ。あの方は昔、お妃候補だったんだから」

とおニイさん。今の天皇陛下ではなく、その前の方ですね。昔、聖心女子大学を出て、大使館にお勤めしていらしたそうだ。ご主人の勤務の都合で、長らくスペインに暮らしていたそう。だからスペイン語がペラペラ。

「ハヤシさん、一度うちに遊びにいらして。本場のパエリアをご馳走するわ」

お手伝いさんがスペイン人なんだそうだ。

「パエリアは四人ぐらいがいいわ。お友だちをお誘いになって」

というのでB夫人に声をかけた。B夫人のマンションは、なんとA夫人の家の真向かいなのだ。

私と同じ齢のB夫人もおハイソな方。ご主人は日本を代表する大企業の社長であった。しかも背が高くてカッコいい。こんなの本当にズルいと思う。

どうして知り合ったかというと、東大バスケット部のエースと、マネージャーとしてだと。私の年齢だとよくわかるけど、当時、東大スポーツ部のマネージャーというのは、名門女子大からスカウトしていたのだ。そして初恋を実らせたB夫人は、まさに〝女の花道〟を歩いてきたことになる。だから二人ともものすごく仲がいい。

B夫人は言った。

「マリコさんのファンで、Cさんという人がいるんだけど、彼女を誘ってもいい？」

名前を聞いて驚いた。私がいつもお世話になっているある大手出版社の一族。社長のお姉さまではないか。そしていらっしゃったのは、美しく上品な方。

私が白ワインを持ち込み、Cさんはキャビア（！）を持ってきてくださった。そして楽しいパエリアランチの始まり。

みんなの話題は、行ったことのある海外とか音楽のこと。

「そうですのよ」「あら、ご存知ないのね」

A夫人の山手言葉がいい感じで、なんてお品のいい集まり。もちろん便秘には何がいいか、なんて話は誰もしない。

夏の締めくくり

知り合いが教えてくれた。

「九段《くだん》に、ラーメン屋があって、そこの冷やし中華がものすごくおいしいんだ。でも九月で終わりだよ」

冷やし中華は私の大好物。この夏も何回かつくって食べた。が、九月で終わるというそこの冷やし中華に心がそそられる。

忙しい日々が続き、今日は九月三十日。もう今日を逃すと、そのおいしい冷やし中華は食べられない。

そんなわけで秘書と一緒に、お昼休みに車で出かけてみた。もう人が並んでいる。食券を買ってカウンターに座る。

やがて運ばれてくる冷やし中華。具は別に盛られていて、小さなゴマだれの器がある。途中で味を変えるのだそうだ。見るからにおいしそう。

「いただきまーす」

頬ばる。この甘ずっぱい味。あぁ、もう夏は終わりなんだとつくづく思う。

今年の夏はいいことが何もなかった。旅行にも行かず、軽井沢で過ごすこともなかった。外食とも無縁で、うちでピザの出前ばかり食べていたことも。

今日の冷やし中華は、本当に久しぶりの外ごはん。しかも知らない人に交じってのカウンター。楽しかった。おいしいものはやはりこういうところで食べないと。

ところで私は、最近不思議な体験をした。とある地方に、いつもの仲間十数人と、シンポジウムに出かけたと思っていただきたい。終わった後は、県のえらい方たちとのお食事会となった。地のおいしいものがたくさん出てくる。鮎の塩焼き、キノコの天ぷら……。地元の日本酒ととてもよく合っていい感じ。

そのうち、私はテーブルの向こう側の男の人と目が合った。会釈する。スーツ姿ではなく、しゃれたジャケットを着ている。県や市の職員ではないのはすぐにわかった。しかしシンポジウムに出ている人は、みんな知っているはずだけど。

「ハヤシさんですね」

彼は言った。

「○○さんからよく話を聞いてますよ」

○○さんというのは、私と仲がいい担当編集者だ。

「僕は明日のシンポジウムに出ます」

名刺をくれた。東京から来た講師ではなく、地元の講師だったのだ。その建築業界の技(そうとしか言えないのがつらい)は、日本でもピカイチで全国的に有名なんだと。その世界でのカリスマと言われている。

「ハヤシさん、近くに僕のセカンドハウスがあるんで、ちょっと見に来ませんか」

「わー、いいんですかー」

お酒が入ったノリで、そこにいた三、四人を誘ってタクシー二台で出かけた。が、非常に遠い。山をひとつ越え、県境に近づいた頃、林の中にその建物が見えてきた。

ちょっと見たところはふつうの、そう大きくない平屋の家であった。が、とんでもない。この家は奥行きが深く、行くとその先にまた部屋があった。おまけに一部が二階になっているのだ。

まず応接間にびっくり。クラシカルな天井が高い部屋で、床の寄せ木の見事なこと。マントルピースも、ちょっと見たことのない形であった。

「この応接間は駅前にあった家を移築したんですよ。明治時代のえらい軍人の家でした」

あまりにも古くて雨漏りがする。持ち主がもてあましていたらしい。タダでいいから持っていってくれ、と言われたらしいが、

「移築して、ここまでにするのに三億かかりました」

他にも、庭に能舞台の鏡板をつくり、それと月を眺めながらお酒を飲む部屋、窓がステキなダイニングルーム、まるで青の洞窟のようなベッドルームなど、広さと凝り方がすごい。

「まるで現代の龍宮城ですね」

みんなため息をついた。

「いや、ここは僕のサグラダ・ファミリアです」

とオーナー。

「三十年間、稼ぎは全部この家につぎ込みました。弟子たちを使い、友人たちもボランティアでいろいろ手伝ってくれました。だけどまだ完成していません。まだやらなくてはいけないことがいっぱいあるんです」

だから人に知られたくなくて、ずーっと秘密にしてきたそうだ。しかしこの一年間ぐらい葛藤が続く。

「これだけすごいうちはないと思うけど、維持にもお金がかかる。このまま残すと、弟子たちにも迷惑かかるかなと」

というよりも、やっぱり見せたくなったんだ。人間、自分のつくり上げたものは、人に見せて賞賛されたい。あたり前の欲求だ。

「それじゃ、クオリティの高い雑誌にまず発表しませんか。『ブルータス』、知ってる人いるから特集組んでもらったらどうですか？　『カーサ ブルータス』もあるし」

が、彼は首をタテに振らない。その不思議な邸宅で、いつまでもビールを飲む私たち。森の中のサグラダ・ファミリア。この夏いちばんの思い出だ。

これも、大人買い

私はずーっとフリーランスであった。

毎日自由に気楽に過ごしていた。もちろん取材や講演といった仕事は入っていたけれども、それ以外は好きな時に映画やお芝居に行き、好きな時に買い物に出かけていた。

それがうって変わって、毎日のお勤め生活。朝から晩まで働くようになった。気がつくとジムは一年以上お休み。お買い物に行く回数もぐっと減った。映画なんて本当に長いこと見ていない。

そんな私に降ってわいたような休日。学校の創立記念日ということで、すべての学部と本部がお休みになったのだ。本当に嬉しい、といっても、仕事が入っている。マガジンハウスの取材で、撮影とインタビューが午前中に予定されているのだ。

ヘアメイクはいつもの赤松ちゃんがついてくれるので、スッピン、洗いたてのバサバサ髪でうちを出ようとしたら、秘書が駆け寄ってきた。

「ハヤシさん、報道陣が今日も来てますよ」

何が聞きたいのかよくわからないまま、ハンディカメラを持った人に、いつも自宅を張られている。

「スッピンはマズいから、マスクをした方がいいですよ」

「そうだねー」

このマスクをして車に乗り込む様子は、すぐにニュースに流れることになる……。

まあ気を取り直して白金台のスタジオに行き、赤松ちゃんと世間話をしながらメイクをしてもらう。今日はお休みだと思うと、とてもゆったりとした気分だ。

この撮影が終わったら、午後時間がたっぷりある。映画でも見に行こうかなー。秋ものの買い物にでも行こうかなー。そうしたらシンスケさんからLINEが入った。

「今日から伊勢丹新宿店で、ポップアップストアが始まります。ユニセックスのジュエリーをつくりましたので見に来てください」

河原《かわはら》シンスケさんはパリに住むデザイナー。エルメスのスカーフも手がける売れっ子だ。ウサギがモチーフの作品は、世界でも高く評価されている。

私とは知り合ってまだ日が浅いが、芸能人やアーティストの友だちがすごく多い方だ。有名女優たちがパリに行くと、必ず連絡するみたい。私も六月にパリに一泊した時、たまたま遊びに来ていた古市憲寿くんも誘い、シンスケさんと夕食を食べた。

「それじゃ、この後伊勢丹行って、シンスケさんのジュエリーを見よーっと」

ライターの今井さんを誘う。彼女は昨日、たまたまシンスケさんのジュエリーについて取材したばかりなんだそうだ。

白金台からタクシーで新宿へ。伊勢丹に行くのも何ヶ月ぶりだろうか。土日に足を踏み入れたところ、あまりの混雑ぶりに懲りてしまったことがある。しかし平日だとほどよく空いていていい感じ。そう、私はこうした幸福を長く忘れていた。

売場にはシンスケさんが待っていてくれた。ゴールドの金貨を形どったチェーンネックレスがものすごく素敵だ。金貨にはもちろん、トレードマークのウサギが描かれている。これを買ったらどんどん火がついてきて、伊勢丹をまわる。二階にはトガったお洋服がいっぱい。ヘアメイクをしながら、赤松ちゃんは言ったものだ。

「私、マリコさんにドリス ヴァン ノッテンを着てほしいんですよ。すっごく似合うと思うけどなあ」

ドリス ヴァン ノッテンか。モード系のブランドだ。昔、ちょっと着ていたような気もするけれど、今の私にはとても着こなせないかも。

「私、大学に毎日行ってるんだから、ジャケットとか保守的になるよ」

「それが、探せば、ちゃんと大学に着ていけるアイテムありますよ」

伊勢丹にあるということであったが、今井さんが聞いてくれたら、もうお引っ越ししたという。

その後は今井さんとお別れして、いろいろなところを見てまわる。楽しいなあ、伊勢丹。まるで上京したての大学生のようにあちこちまわる。ハンドバッグ売場も、ものすごい数の品揃えであるが、小物売場もハンパない。どれもものすごくおしゃれで可愛い。トートバッグも、みんな買い占めたいぐらいだ。

アニヤ・ハインドマーチのペンシルケースを見つけた。アメリカンポップの、チョコレートの箱みたい。ものすごく気に入った。が、とんでもない値段である。こんな小さい遊びっぽいものが、こんな値段するなんて、誰が信じてくれるだろう。

高い！　でも欲しい。私は買った。

「こういうのを買うのが、大人の女なのよ」

そして最後は下着売場へ。そう、買いに行く時間がなくて、ショーツを通販で買ったことは既に書いた。一枚千円と思い三枚買ったら、うち一点がピンクや青の五枚セットだったのだ。いくら誰も見なくても、このショーツをはくことが毎日つらかった。そんなわけでちゃんとしたブランドのショーツ、一枚千円を六枚買った。これでいつ何があっても大丈夫。いえ、交通事故のことですが。

いやぁー、充実した本当に楽しい一日。それ帰って仕事しましょ。

ビビッときたのおべべは楽しい！

秋も深くなってきた。

そんなに食べていないつもりであるが、ストレスからどんどん太っていく私。

昨年の秋にはすんなりはけたスカートが、今年はファスナーが途中までしか上がらない。なんか顔全体がむくんできたような気がするが、忙しさのあまりエステにも行けない。今までは二週間に一度、必ず施術してもらっていた低周波美容も、もう三ヶ月もご無沙汰している。

「私の美貌を返して……」

とつぶやいたところで、誰も同意してはくれないであろう。

そしていよいよ、林版『平家物語』が刊行されることになった。これは四年かけて書いた。『平家物語』から、私の好きな章を選んで小説化したもの。

自分で言うのもナンであるが、本当に美しく哀しい物語に仕上がっている。このあいだ見本があがってきたが、ものすごく凝った装丁だ。

「刊行を記念して、うちの雑誌でハヤシさんの特集をやりたいと思うんですよ」

と言うのは版元の編集者のハシモトさん。彼は編集長として、この『平家物語』に関わってくれ、定年になってからもこの本の担当をしてくれている。別名〝アンドリュー〟。毎回隙のないおしゃれをしている。ヒゲにブリティッシュファッションと完璧だ。本当に長いことお世話になった。この『平家物語』だって、彼がいなかったら出来なかったかも。

一緒に行った壇ノ浦、瀬戸内海を思い出す。私よりもずっと古典に詳しい。彼がいたからこそ、林版『平家物語』も『源氏物語』も書けたんだわ……、と思いは尽きない。でも、

「私さ、この頃太ってフケちゃって、グラビアにはあんまり出たくないんだけど」

「えー、そんなことないですよー。ハヤシさんのお着物姿、本当にステキですよー」

とかおだてられ、着物姿でカラーグラビアにのぞむことにした。

「染めのものではなく、出来たら紬《つむぎ》のカジュアルなものを」

ということで、私が選んだのは白い大島紬。青海波が織られ、裾にいくと波が大きくなる、という凝ったもの。これは奄美大島で買い求めた。

七年前、西郷隆盛の取材のため、奄美に行った私はさっそく大島紬の工房に行く。

「ここに来たからには、一枚買わないとね」

大島紬は本当に軽くてさらさらしている。着ていてラクチン。だがこの頃、つくる人が少なくなり、とても高価になっているのだ。本場なら安く買えるかもしれないという、い

つものさもしい根性である。そしていくつかの工房に行ったが、昔ながらの模様が多く、欲しいものが見つからない。あきらめかけてタクシーで走っていたら、小さなお店のウィンドーに、白い大島紬がかかっていた。

「運転手さん、止めてください！」

私は叫んだ。

「あの店、あの店、今、通り過ぎた店」

「あそこね、お客さん、もう閉まってるよ。よく知っている店だから、明日連れていってあげるよ」

ということで買ったのがこの大島紬だった。羽織ったとたん、「これ」と思った。お店もパンフレットの表紙に使うぐらいの自信作だったようだ。

しかもお値段を聞いてびっくり。東京で買う半分ぐらいではないか。即お買い上げ。一緒に行った人がびっくりしていた。

「着物って、こんなに早く買うものなんですか」

そう、ビビッときたものに出会うなんてめったにないんだから、すぐに自分のものにしなくてはならない。恋人もね。

そして当日、素晴らしい秋晴れのもと、ロケが行なわれた。ちなみに今日のヘアメイクは、山本浩未さんだ。ヒロミさんとはバレエヨガ仲間で、最近とても仲よくなった。昔から第一線にいる彼女は、エッセイもよく書いているので、ご存知の方も多いと思う。笑顔がとても素敵で、いつもハツラツとしている。小柄でキュート。

「マリコさん、もうじき新刊出るの。『60歳ひとりぐらし　毎日楽しい理由』っていうの」

「えー、ヒロミさん、六十歳になるの!?」

とてもそんな風には見えない。

「来年なるの。その前に六十歳になる覚悟を込めて書いたの」

確かにヒロミさんは、毎日とても幸せそう。友だちもいっぱいいて、しょっちゅうみんなで、台湾や韓国に行っている。宝塚の大ファンで、公演があるとなれば博多にもびゅーんと飛んでいく。確かにこういう生活していれば、ひとり暮らしがいちばんいいかも。しかし、日本の少子化も心配になってくる……。なんて考えてたら、

「マリコさん、口角上げて！」

カメラの天日《てんにち》さんの後ろから、ヒロミさんが手を振る。あの笑顔で、

「笑って、ちょっと緊張して、またパッと笑う。そうすると表情がやわらかくなるのよ」

「なるほど」

パソコンを見て皆が頷く。

「表情つくるまでがヘアメイクの仕事なの」

それなら、今日の私はモデル。デブでもいい笑顔つくりましょう。

あら、不思議！

秋も深くなった。

おいしいものが次々と、各地から届く。新潟の新米、岐阜の柿、北海道のイクラ、鳥取の梨……、と書くと、

「ふん、アンタはもらいものが多いって自慢したいんでしょう」

と言う人がいるに違いないが、これは言ってみれば物々交換。皆さまには私の故郷山梨の、桃や葡萄をお送りしているのである。

そんな時、行きつけの日本料理店の女将さんからLINEが入った。

「本当にお忙しそうで、連絡するのを遠慮していましたが、ハヤシさんが好きなデザートがもうじき終わってしまいますよ」

そう、このお店の秋だけのデザートは、私の大好物である。イチジクの上に、栗の練ったものがかかっているのであるが、自然の味を活かしたそのおいしさときたら……。こう書いているだけでツバがたまってくる。

ここのデザートだけでなく、とにかく私は栗が大好き。季節限定モンブラン、栗蒸し羊

かん、といったものに目がない。

都内のあるホテルでは、和栗と洋栗の食べ比べセットというのをやっていた。二種類のモンブランが食べられるのである。

またうちからバスで四つめのお菓子屋さんの、栗蒸し羊かんは絶品だ。品のいい羊かんの中に、栗がどっさり入っている。さっそく手土産に買おうとしたら、なんと五日前に予約しないと買えないんだと。

がっかりしていたら、私の秘書は言った。

「ハヤシさん、五日後に会う人のことを考えましょうよ」

調べてみると、五日後にある二人とランチを食べることになっている。羊かんはその手土産にした。ついでに彼女に、

「せっかくだから三棹《さお》買ってきて。ひと棹はうちで食べましょう」

「えぇ、うれしい」

と、まあ、こんなことがずらずら書けるほど栗への思いは尽きない。

昔のことであるが、毎年夏にダイエットをしていた。かなりうまくいった、と思う頃秋がくる。栗や新米に、鮭、イクラといったお米の親友たちもやってきて、私を誘惑するのだ。

「もういいじゃん、実りの秋だよ」

そうか仕方ないなぁ……、と、いつも挫折する私であった……。

さて、昨夜のことである。六本木のグランドハイアットで、あるパーティーが開かれた。私が関係している東日本大震災遺児、孤児のための団体のチャリティパーティーだ。このパーティーは、皆さまがものすごくおしゃれをしてきてくださる。男性はタキシード、女性はイブニングも多い。欧米のチャリティパーティーを知っている方々が、こういう素敵な風習をもってきてくださったのである。

私も毎年着物にしていたのであるが、今年は仕事先から来るので、美容院に行く時間もない。バサバサの髪にスーツという格好になってしまった。主催側なのに恥ずかしい。

ここには私のママ友や、前からの友人も来てくれているが、みんなが素晴らしいプロポーションを保っていることに驚く。私と同じテーブルのママ友は、白い総レースのワンピをお召しであったが、そのウエストは私の三分の一ぐらい。

「どうしてそんなに、いつまでも細いの?」

と聞いたら、

「ずっとバレエをやっているの」

「私もバレエヨガやってるの」

と言いかけてやめた。このところ忙しくてサボってばかりいるからだ。

もう一人、真紅のイブニングドレスを着た私の友人もやってきた。私と同じぐらいの年齢なのであるが、顔が小さく本当に綺麗。一緒に写真を撮ると、私が五頭身に見える。この方も美人であるが、私の秘書が、

「あの着物の方、誰ですか。女優さんですか」

と聞いてきた女性がいる。

「あの方は九重部屋のおかみさんだよ」

九重部屋は毎年、チャリティオークションの賞品を出してくださるのだ。部屋でお相撲さんたちとちゃんこ鍋を食べる権利は、とても人気があって、高値で入札される。それを毎年そっくり寄付してくださるのだから有難い。

「えー、相撲部屋のおかみさんってあんなに綺麗なんですか」

「相撲部屋のおかみさんは、たいてい美人だけど、あの方は特にレベル高いよ」

パーティーが終わり、ロビーでみんなでわいわいしていたら、おかみさんがやってきた。

「マリコさん、うちの者たちと写真を撮りませんか」

「はい、ぜひ」

九重部屋の力士の方々と並んで撮った。どなたもとても背が高くて大きい。そして彼らにはさまれた私は、ほっそりとして可愛らしく見えるではないか。なんかとても嬉しかった。姑息《こそく》な手段といえないこともないが、顔は小さく見えたのである。

これだけのことでも、なぜかとても幸せになった私である。写真の私、にっこりと笑ってる。いい笑顔だぞ。

お相撲さん、ありがとう。体の大きい人は人に幸せをくれるんだから。

バッグに見る人間模様

ちょっと前の話になるが、女優のジェーン・バーキンが亡くなった。

長いことフランスのいい女の代表のようだった彼女。思い出すことがある。彼女のLPを買ったのであるが、意味が全くわからない。

「どういうこと言ってるの？」

とその頃仲よくしていたA子さんに聞いたところ、

「ふふ、かなりエロティックなことね」

と微笑んだ。その表情の色っぽいこと。彼女はフリーライターをしながら、フランス語の翻訳もしていたのである。パリに長く留学していて、あちらの男性とかなり浮名を流したらしい。

今もそうだけど、フランス語が出来る女性って、色気があってミステリアスだと思いませんか？　当時まだ若かった私にとって、彼女は本当に大人のカッコいい女性という感じがした。

さて、話は変わるようであるが、最近ある医学学会で講演をした。その時、世話役の女医さんがいろいろアテンドしてくださったのであるが、その方が使い倒した茶色のバーキンを持っていて、それが本当に素敵だった。バッグは開いたままになっていて、チャームが無造作につけられている。そう、バーキンはこう持たなくちゃね。

エルメスのバーキンが、ジェーン・バーキンのためにつくられた、というエピソードはあまりにも有名であるが、彼女はそのバッグを使い倒していた。シールをぺたぺた貼り、くたくたになるまで持ち歩く。高価なものだからこそ、ふん、こんなもん、という感じで使う。これこそバーキンバッグの真髄。

そういえば、嘘か本当かわからないけれど、日本のある有名女優さんは、クロコのバーキンを買った時、新品のものを半日どこかの砂丘にさらしたんだそうだ。

「ピカピカなのは恥ずかしい」

ということであった。

バーキンの話は何度も何度も書いてきたが、ここのところ、私たちの間で話題になっているのは〝パパ活バッグ〟であろう。

今から三年前のこと、若い友人が言った。

「表参道の○○○に行ってみ、すごいよ。なぜかあそこはパパ活女子ばっかり」

それから時がたち、そのハイブランドはますます人気に。そこのバッグは、別名「パパ活バッグ」と呼ばれているそうだ。

「どうしてそうなるかわかります」

とうちの秘書。

「二十代でまさかエルメスは持てないし、持っていても似合わない。だけどあそこのバッグは、色も綺麗で若いコにも持ちやすい。だけど自分のお金では買えない。だからパパ活するんじゃないですか」

だけど、と彼女は続ける。

「ハイブランドのバッグなんて、自分のお金で買うからカッコいいんじゃないですか。大切にもするし」

そういう彼女は、いつも同じ黒いＯＬバッグ。ごめんね、ちゃんとボーナス出すからね。

ところで私は、〝パパ活〟というのがよくわからない。バブルの頃にも、お金持ちのおじさんの愛人になっている女の子はよくいたが、それは見ていてもとてもわかりやすかった。なぜならおじさんたちは、いかにも金持ちの女性好きのおじさんたちに見えたからである。

しかし今のベンチャーの社長たちというのは、若くてそこそこカッコいい。私の知っているあるＩＴ大手企業の社長なんか、人柄もいいし、顔もかなりのレベル。私がうんと若くてうんと美人だったら、というのはつまり別人ということであるが、ぜひ愛人になりたいぐらい。何を言いたいかと言うと、パパ活をしていても、年上の恋人にしか見えないのではないだろうかということである。バブルの時は、もっとわかりやすかったけど。

「すぐにわかりますよ」

と秘書。

「やっぱりカップルとして、すごくちぐはぐなんです」

最近私は忙しさのあまり、今、自分が何を持っているかほとんど把握出来ていない。先日友人が写真を送ってくれた。

「遅くなったけど、昨年の秋の食事会の。送るの忘れてたから今送るね」

見ると私は、ものすごーく素敵な黒のバッグを持っているではないか。全く忘れていた。急いでバッグ棚に行き、捜索したところありました！

そしてさらに驚きの事実が。バレエヨガに行き、みんなで寝っころがっていた時のこと。ヘアメイクのヒロミさんが言った。

「石田ゆり子さんが、シンスケさんのジュエリーをSNSに出してバズってたわよ。だけどもう売り切れで買えないらしいよ」

「へえー、どんなのだろ」

「やだー、マリコさんったら」

みんなが叫んだ。

「このあいだ買ったって言ってたじゃない」

確かにそうだ。私は自分の忘れっぽさに怖くなった。急いでうちに帰り、アクセの引き出しを開けた。ありました。さっそく次の日つけた。とても素敵。

あまりの多忙さに、私、大切なことを少しずつどこかに沈ませている。ぜーんぶ、パパ活なしに自分で稼いで買ったものなのに。

カレシの失言

最近、家の近くに安くておいしい鉄板焼きのお店を見つけた。キャベツとアンチョビの炒めもの、タコのガーリック炒め、ハマグリの酒蒸し、ポテトサラダ、サーロインステーキと次々とたいらげ、最後はお好み焼きで仕上げ。

一緒にいるのはうちの秘書と、日大の秘書。二人とも若いからもりもり食べるのが気持ちいい。ビールもウーロンハイもおかわりする。

「そういえば……」

とタコを頬ばりながらうちの秘書が言った。

「私、彼から十キロ痩せろ、って言われたんですよね」

「えー！」

あまりのことに私は箸を置いた。

うちの秘書セトは、このあいだまで大手航空会社でCAをしていた。プロポーションばつぐん。すらりと伸びた脚が綺麗だ。この体から、いったい十キロどうやって取ればいいんだ！

「セトさんのどこが太ってるんですか」

日大の秘書もびっくり。

「そんなこと言う彼氏さんってあんまりですよねー」

「そうだよ、そういう男とは別れな」

こういうのは本当に腹が立つ。セトの彼氏は私も知っているが、こんなこと言うやつだったとは。

「痩せろ、っていう発言は、恋人を自分の所有物だって思っている証拠だよ。そういうこと言うのは、今の時代絶対許されないよ。うちの夫でさえ言ったことないよ」

でもないか。このあいだ、芋けんぴを食べながらテレビ見ていたら、

「そういうことばかりしているから太るんだ」

と嫌味を言われたっけ。

まあ、あちらはジイさんだから仕方ないけど、彼氏は二十代。しかもつき合い始めたばかりではないか。もう亭主風吹かしてるなんて……。

「早く別れな。あなたなら、いくらでも相手がいるよ」

私がずっとワルグチを言ったら、酔っていたのかセトは、それをすぐＬＩＮＥで送った。

「所有物と思ったことはない……と。なんだか怒ってます」

「いいよ、いいよ、怒らせとけば」

「そうですかねー」

心配してそわそわ。

「だいいち、こんなに綺麗なあなたがどうやって十キロ落とすの」

「彼も無理だとわかっているから、まずは六キロ、それから八キロ、っていうように頑張っていこうねって」

「アンタはライザップのトレーナーか！」

ますます不愉快。私は太った、痩せた、ということにとても敏感……、ということもないけれど、エラそうにこういうこと言う男にはむかつくのだ。

「あの、私が最初にあと八キロぐらい痩せようかなーって言ったら、彼がどうせなら十キロにしなよ、と言ったんですぅー」

どうやら恋人たちのイチャイチャ話らしい。もうどうでもいいけど、

「彼氏ってイヤなやつ」

そして今日、セトからまたこんな弁護が。

「彼は見たとおり、あんなに痩せているので、太った人の気持ちがよくわからないそうなんです。だらだら食べて太っていくのが、全く理解出来ないと」

「あっ、そう」

ふん、痩せた男でもふっくらがいい、という人はいくらでもいる。こんなのにつき合ってはいられない。

ところで最近、「食欲の秋」とか「おしゃれの秋」という言葉が死語になっていると思いませんか。おしゃれな人は一年中おしゃれだし、食べるのが好きな人はずぅっと食べてる。私は外食を控えているのであるが、いくつかのいいお店は開拓している。

この頃、バレエヨガのみんなと行く居酒屋さんがあるのだが、そこは何を食べてもおいしい。カキフライに納豆オムレツ、カツオのたたきにお刺身、おそば、豚肉の生姜焼き、etc……。しかも焼酎のボトルを入れても、一人五千円でおつりがくる。ちょっと都心から離れているのであるが、いつも満席だ。

常連のヨガ仲間によると、芸能人もいっぱい来るそうだ。

「〇〇さんの兄弟の店みたいだよ。この頃は貸し切ってよく宴会やってるよ」

〇〇さんは私の大好きな俳優さん。

なんとか会えないものであろうか。このあいだは顔を知ってるタレントさんが仲間と来ていた。

「△△さんがさー」

芸能人の名前がいっぱい出てくる。落ち着かなくなってしまう私。

どうやら舞台の稽古の帰りらしい。有名人の名前が出てくるような時は、個室を使うというのがふつうだけど、舞台の人たちはあんまりお金ないしね。仕方ない。

私も個室が多いが、個室は高い。よって鉄板焼きのお店とか居酒屋さんだと背を向けて座るようにしている。そしてすぐ近くで聞こえてくる有名人の噂話。ちょっと自分が陰険な人間になったみたいでイヤ。
聞くつもりないのに。そう、恋人同士の体重めぐってのイチャイチャも。
聞かなくてよかったことはこの世にいっぱいある。

いまならわかる！

久しぶりにテツオさんと、アイドル編集者ナカセユカリさんと三人で、カウンターの和食屋さんへ。

ここはおいしいものがものすごい量出てくる。が、残しても大丈夫。あとでちゃんとお土産につつんでくれるのだ。栗ごはんがあったので、私は次の日のお弁当にした。

カウンターはカップルが多い。向こう側に若い二人連れが。女の子はとても綺麗であかぬけている。元AKB、といった感じであろうか。

お店の人が国産のキャビアをお皿に盛りながら彼女に言った。

「カワイイコには、サービスしちゃうから」

「わー、ありがとうございます」

当然彼女はお礼を言った。が、すかさずナカセさんが遮った。ふざけて、

「それって、私たちのことなんですよ」

「すみません」

その後の言葉がよかった。

「つい出しゃばっちゃって」

カウンターのお客たちもみんな笑った。ユーモアがあってとてもいいコですね。

おいしいおいしいボタン海老を食べながら、ナカセさんとやや枯れた恋バナ。と言っても聞き役であるが。

「最近どうなの」

「彼氏と別れてから、ずーっと一人です」

「もったいないよねー。ナカセさんって、ものすごくモテるのに」

「色恋ずっと抜きで生きていくと、ものすごく道徳的になりますね」

「私もそうよー。不倫なんてけがらわしい、って感じになるもん」

「斉藤由貴、なんてことやってるの、って本気で怒りがわきます。ハヤシさん、私たちロッテンマイヤーさんになったんですよ」

「ロッテンマイヤーさんねえ……」

「アルプスの少女ハイジ」に出てくる、あのおっかない教育係のことだ。自由に生きようとするハイジをいつも叱ってる、禁欲的な独身のオバさん。さすがにナカセさんうまいことを言う。

そんな私たち二人の横で、テツオさんは静かに飲んでいる。最近結婚説がまことしやかに流れていて、まわりの女性からは、

「ハヤシさんしか聞けないので聞いてきて」

と頼まれているのだ。実は私は何度も質問しているが、そのたびにガセだ、とかわされている。が、ロッテンマイヤーおばさんとしては、

「さっさと身を固めなさい」

と言いたくなってくるのである。

以前ほどではないが、この頃外食が増えた。昨日も代官山のレストランで友人たちと食事。招いてくれたA子さんは、もう亡くなったけれど、有名なある方のお嬢さんだ。お父さまはたくさんのお金や土地を持っていたうえに、それが世界中に散らばっていた。その整理に数年を費やしているのだが、まだ終わらないという。

「弁護士さんや不動産屋とやりあってばかりいるから、もう心の休まる時がないの」

お金を持っているというのは本当に大変なんだ。やさしい彼女は、私が関係しているボランティア団体に毎年たくさんの寄付をしてくれるばかりでなく、その時に私にもご馳走してくださるというわけ。

「本当にすみませんねぇー」

「いえいえ、和食に比べたら、フランス料理は安いと思うわ」

この頃お鮨だ、割烹だのがあまりにも高くなったので、もう行かないことにしたのだという。実はA子さん一家はものすごいグルメで、私もお亡くなりになったお父さまに、よくご馳走になったものだ。レストランの時もあったが、おうちも何度かあった。A子さん

のうちには、なんとプライベートのコックさんがいたのだ。毎日フルコースみたいなものが出るので、A子さんはお茶漬や丼ものにずっと憧れていたという。

だからもちろんA子さんは食べものにとてもうるさい。招待してくれたレストランは有名な老舗であるが、名前につられて行くわけではないという。

「本当においしくて、しかもわがままをいろいろ聞いてくれるから」

その日も何品も出たが、ひとつひとつ手が込んでいて味の組み合わせが抜群。サバのマリネに生クリームがこんなにおいしいなんて。私は昔から言っているのであるが、デイトの時に和食にはあまり行かない方がいい。和食の店は照明に気を遣わず、白々とした蛍光灯のことが多い。そこへいくとフレンチは、真白いテーブルクロス、ろうそくの火と、女性を美しく見せる演出がなされている。

しかし、和食屋さんには毎日行けるが、フレンチに毎日行く人はあまりいない。カロリーのことがある。

「そんなことはないわよ。フレンチは砂糖使ってないし、太らないわよ」

そう言うA子さんはもともと痩せているから信用出来ない。痩せてる人に限って、食べる人大好き。

「ハヤシさんはよく食べてくれるから嬉しい。もっと食べてね」

と言うので、調子にのってデザートを二種類も食べた。私は食欲のロッテンマイヤーさんになりたい。

〝をかし〟な物語

最近本当に忙しく、身もココロも疲れ果てている私。

そんな私を友人がシークレットバーゲンに連れ出してくれた。その楽しかったことといったらない。欲しかった秋冬ものが、かなりの割引きになっているのだ。あれもこれも、ついでにうちの秘書のものも買った。

最後はおしゃれ番長の友人が選んでくれる。

「うーん、そのニットはいらないかもしれないね」

「このブラウスは絶対に買っておくべき」

ほくほくしながらの帰り道、秘書からＬＩＮＥが入った。

「ハヤシさん、白洋舎からコートが八着返ってきましたよ」

私は冬までの間、クリーニングしてもらったものをずっと保管してもらっているのだ。

今年はご存知のように、いつまでもぐずぐずと暑く、秋が抜けて突然寒くなった。

ゆえにコートがなくて大あわて。札幌に行くのもトレンチコートであった。

しかし八着のコートとは！　いくら洋服好きの私でも、そんなに持っていないはず。うちに帰って確かめたら、八着のうち二着は夫のもので、冬のジャケットも一着あった。それにしても五着のコートは多い。もういらない、と思いつつ、冬になるとつい買ってしまうのであるが、いちばん活躍したのは、モンクレールのダウンだったなあと思う。かなり長いので、フォーマルな洋服にも羽織ることが出来たのだ。

返ってきたコートを確かめながら、十二単衣というのは、防寒の役目も果たしていたんだろうなあ、とつくづく思う。

二年前からずっと連載していた『平家物語』が刊行となり、あれこれ校正をしていたのである。『平家物語』といっても訳したのではなく、お気に入りの章を選んで、それを小説化したもの。

「滅びゆくもの皆美しく」

をテーマに、夫のために身を投げる若い人妻、笛を持って戦地におもむく平家の公達《きんだち》などを描いた。

このために壇ノ浦にも出かけた。そう、源平合戦の、最後の舞台になったところですね。いよいよ最期になって、女たちは緋《ひ》の袴《はかま》で海に飛び込んでいく。水の中で金魚のようにゆらゆら揺れる。なんて美しく哀しい光景だろう。

来年の大河ドラマは紫式部であるが、実はこの私、やはりマリコ版『源氏物語』を書いているのである。原作を小説に仕立て直したもので、連載中は「とても面白い」と評判であった。が、いざ本にしたらあまり売れなかった。本当に残念だ。『源氏物語』を書いて、楽しかったことはいっぱいある。しょっちゅう京都に行って取材した。博物館で十二単衣を着させてもらったこともある。あまりにも何枚も何枚も重ねるので、

「脱がされる時、大変じゃありませんか」

と学芸員の人に聞いたら、

「作家の人は、すぐ脱がされる時のことを質問するんですね」

と笑われた。その前に来た、有名な男性作家も同じことを聞いたそうだ。

私はその他にもいろいろなことを聞いた。まだ若い女性の学者さんがいろいろレクチャーしてくださったのであるが、

「男君と女君が、几帳《きちょう》の中でそういうことをする時、まわりの召使いたちはどうしたんですか」

ズバリ聞いたら、ま、と顔を赤らめた。

「ひとつ、当時は召使いなんて人間扱いしてなかった。ふたつ、平安の男女は、そういうことをする時に、声をたてるようなはしたないことはしなかった。このどっちでしょうか」

先生はやや体勢をたて直しこうおっしゃった。

「ハヤシさん、女君と男君がおやすみになる時は、召使いたちはそっと退がると源氏物語には書いてあります」

「でも先生、当時のおうちは壁なんかないし、布がかかっているだけです。声なんかつつ

抜けだったんじゃないですか」

先生はかなり困った顔をされた。今までそういう質問をされたことはなかったらしい。ところで源氏物語を読んでいくと、女性たちの多くは、いやほとんどはレイプまがいのことをされていることに気づく。中には廊下の片隅でそういうことをしようとして、乳母が必死に止めている箇所もある。そうかと思うと、乳母が手引きして、男性をお姫さまの寝室に入れることも。恋と〝無理やり〟の境目は実に曖昧だ。今度の大河ではそれをどうやって描いていくのか。興味シンシンである。

大河の脚本を書く大石静さんとは、昔からの友だち。

「セックスとバイオレンスの平安を描く」

と言っているのでものすごく楽しみ。今度お酒を飲んでいろいろ聞いてみよう。このあいだ大石さんから「陣中見舞い」ということでものすごくいいワインもらったし、それを持っていくつもり。

マッチョ、ありかも

マガジンハウスの編集者が、マリコスタンプをつくってくれたのが三年前のこと。私が描いたこのイラストを元に制作してくれた。まわりの人たちからは好評であるが、あまり売れていない。皆さん、ぜひご活用ください。

中で私が、これ使える、というスタンプは「イケメン発見!」というものである。ちょっとウケそう。とはいうものの、日常の私は最近イケメンに出会っていない。

昨年まではかなりの頻度で、俳優さんや歌手と会っていた。某週刊誌で「マリコのゲストコレクション」というのをやっていたからである。

女性のゲストも多かったが、男性も多く、脚が長ーく、見惚れるような人もいっぱい。しかし残念なことに、ただの一人も、

「LINE交換しませんか」

と言う男性はいなかった。女性の方は時々いたというのに……。

やがて私の方は大学の仕事のため、その連載を休止にしてもらったのであるが、ほどな

くその週刊誌も休刊になった。悲しい悲しい出版界の現状。

まあ、そんなことを言ってもラチがあかない。元気にやりましょう。

高校の同級生から、

「ラグビーの早慶戦見に行こうぜ」

とＬＩＮＥが入った。彼は元早稲田のラガーマン。昔はすんごいスターだった。今でもまわりにファンは多い。会社のえらい人やお医者さんたちが、彼がひと声かけるとすぐに集まってくる。

私は彼と長い歳月共に過ごしてきた。といっても、仲よく対等につき合えるようになったのは、高校を卒業してずっと後のこと。

大学を卒業したものの、職もなくビンボーなバイト少女だったマリコ。ある日六本木を歩いていると、向こうからお派手な一団が。早稲田から商社マンになった彼が、仲間と綺麗な女の人たちと一緒に歩いてくるではないか。

「おー、ハヤシじゃんか」

と彼は私を見つけた。

「この人、オレの高校の同級生なんだよねー。今、何してんだっけ」

「これといって……」

つらい、とか、みじめ、というのではなく、ぼんやりと不思議な気持ち。このあいだまで机を並べていたのに、なんかものすごく差をつけられたなー、という感慨だけがあったのである。

そしてさらに月日が過ぎ、私が作家になってからはものすごく仲よしになった。いろんなことがあったけど、やっぱり山梨のイモ同士、気が合うよねー。もうミエも何もなくつき合いましょう、ということになったのだ。

おかげで、彼の友人の元ラガーマンたちもよく知っている。みんな陽気でガタイがよく、めちゃくちゃ女性にモテる。元ラガーマンたちは、ラグビーをやっていたということで横のつながりがすごい。

何年か前の話になるが、酔っぱらうと上半身裸になって踊り出した。そう、ニュージーランドのチームがやる〝ハカ〟ですね。みんな中年過ぎても筋肉すごい。それを見せびらかしながら、ハッホッとかけ声かける。

そういうのに見惚れる女性は多いであろうが、私は皆さんご存知のとおり、マッチョは好みでない。だけど、いい男なら別にいてもいいですよー（エラそうだな）。

「早慶戦の後は、きっと早稲田が勝つから祝勝会するよ。ハヤシの初恋の同級生も呼んどくからおいでよ」

ということで六本木のカジュアルな中華料理店へ。初恋の人もよかったけど、私が目をパチクリさせたのは、白いニットのものすごくさわやかな青年。な、なんなの!? これは。まさに「イケメン発見！」という私のスタンプを乱発したくなる。

「彼は早稲田の有名なラガーマンで、今、社会人ラグビーやってるA君だよ」

私は熱心なラグビーファンではないのでよくわからなかったが、三十人ぐらいいた中に猛烈なラグビーファンの女性がいて、

「キャー!! A君だー!」

と悲鳴をあげていたから、すごい人なんだろう。

「こっちはハヤシマリコさん。今、話題の人」

と紹介されたが、彼は私のことを全く知らない。名前を聞いたこともないそうだ。これってものすごく嬉しい。最近街を歩いているだけでアレコレ言われる身としては、

「そうよねー、若い人はそうよねー」

と救われた思い。彼は私の前に座らされたが、名前も知らないオバさんとでは話がはずむはずもない。可哀想だからそろそろリリースしてあげようと思ったら、もう一人イケメンが登場。三十代後半か、彼も早稲田出身のラガーマンで商社マン。A君のコーチだったんだって。こちらは私のことをよーく知っていた。本も何冊も読んでると(奥さんの影響)。

「一緒に写真撮ってくれませんか。それから送りたいのでLINEの交換を」

おっ、こんな展開が。私たちは近々一緒にご飯を食べる約束もした。目の前のA君にも声をかける。

「あなたも一緒にね!」

「はい」

やっと私に興味持ってくれたみたい。だけどだから何なんだ……。

再びの金沢へ

ファンクラブまである、アイドル編集者ナカセさんと「ロッテンマイヤーさんの会」を立ち上げた。

色恋とは全く縁の無くなった女性が、不倫したり、奔放に生きている人のことを、

「ふしだらな！」

と怒る会である。

そこに「私も入れて」と、A子さんがやってきた。彼女はナカセさんの親友で、私の担当編集者。アラフィフの独身。

「あなた、確か恋人いるんじゃないの」

「いや、もう全くそういうコトもなく、ただの〝知人の男性〟です」

この「ロッテンマイヤーさんの会」が、どこに行くかというと、やはり食い気の方に行くんですね。

「金沢の有名鮨〇〇を予約してる」

と言ったら大騒ぎ。ナカセさんは一度行ってみたかったそうだ。

現在九十二歳の大将が握るそのお鮨を、私は昔何回か食べたことがあるが、北陸の海の幸と相まって、まさに絶品であった。

このあいだ用事で金沢に行った時、夜、駅前のお料理屋さんに招待された。ロビイの奥に、そのお鮨屋さんがあってびっくり。何年か前に移転したんだそうだ。

その日はちょうど月曜日だった。

「あのお店、月曜日の午後二時間だけ予約を受け付けるんです。といっても、まず電話は通じませんけどね」

「えー、だったら行ってみよう」

ということで、地元の顔のきく人と一緒に行き、

「十一月の末の土曜日」

と予約がとれた。今年の八月のことである。それからまあ、いろんな出来ごとがあり、お鮨どころではなくなったのであるが、予約はしっかり生きていた。

土曜日であるし行くことにして、ナカセさんとA子さんを誘ったのだ。ナカセさんは、

「ハヤシさん、お鮨の前に、私はあのシャツをオーダーしたいです」

そう、失礼。食い気ばっかりじゃない。しゃれっ気もあったんだ。

ユーミン御用達の、シャツのオーダーをしてくれる洋品屋さん。そこでつくったチェックのブラウスの写真を、皆に送りまくったら、「可愛い」と大好評だったのだ。

そんなわけで、朝の八時半の新幹線に乗った。私はずっと本を読んでいたのであるが、通路をはさんでの二人は、キャーキャーずっと笑い喋り続けている。大人の女性が、あんなに楽しそうに喋るのを久しぶりに見た。と思ったら、二人はコトンと寝入っている。写真を撮って、二人に送る。

さて、駅に着いてタクシーで洋品屋さんへ。二人とも、お店や店主のたたずまいに感動していた。地下に降りていくと、英国風のインテリアにたくさんの生地見本が置かれている。

私は今回は、白いシルクのボウタイを注文。

A子さんは、ニットを脱いでヒートテックだけになった。クールな感じでスリムな彼女は、メンズライクのシャツがすごくよく似合う。

「私もシャツが大好きなんです」

細かいグレイのチェックや、猫の柄のものなど三枚をオーダー。

「仕上がるのが、本当に本当に楽しみ」

そしてナカセさんは、

「私は、採寸なんて絶対にしたくないです」

ということで、自分のブラウスを持参していた。

「これを測ってください」

「ナカセさん、もったいないよ。オーダーなんだから、ちゃんと測ってもらった方がいいよ。体に添ったものをつくってくれるよ」

「私にそんなものはいりません」

ときっぱり。

「体を隠してくれる、ダブダブのがいいんですよ」

やはりギンガムチェックを注文した。

その後は近くのファッションビルでお茶をし、いよいよお鮨屋さんへ。二時半からの回を予約しているのだ。

カウンターの前に座ったのだが、高齢のご主人は体調を崩し、今日は来られないということだった。残念。しかしいちばん弟子の握ってくれたお鮨も、本当においしかった。ちょうど季節のイカや甘海老、北陸のお酒に私たちは大満足。

このまま新幹線に乗ろうとしたのであるが、もう一軒と誘われた。

「金沢でめちゃくちゃ有名なバーです」

なんでも作家が必ず寄る文壇バーだというのだ。名前を聞いて、遠い記憶が甦ってくる。大昔に行ったような……。

「そうですよ。ハヤシさん、三十年前にいらっしゃいましたよ」

と銀髪のマスター。以前編集者に連れてきてもらったらしい。

ここも英国風につくられた古いお店（金沢には多い）で、ウイスキーのコレクションが素晴らしい。

ロッテンマイヤーさんの会員三人は、かなりの量飲んだ。

このことを占いをする友人に話したら、

「ナカセさんは近いうちに脱会します」

とのこと。素敵な恋が待ってるんだと。私は永久会員だけど。

ときめき求めて…

最近はみんな雑誌をタブレットで見るらしいが、私にはムリ。コミックまでだ。

特にファッション雑誌は、絶対に紙で読みたい。見たい。

私のところには、毎月、毎週何冊かの女性誌が送られてくるが、いわゆる高級ファッション雑誌を眺めている時は、本当に幸せ。

が、時々、ムッと驚くことがある。某雑誌で、黒のタートルネック特集をしていたが、十万円代はあたり前で、二十数万円のものがあるではないか。ニットですよ。ニットで二十数万って、いったいどういうことなんだろうか。

私なんかこのあいだ、高級ブランドの黒ニットを虫にやられていて絶叫したことがある。ニットは所詮はかない命。それなのに二十数万円を費やすことはないはず……。

私はペラペラとページをめくっていく。Ｐコートの特集ページも素敵。Ｐコートとパンツで、こんな風に組み合わすのね。ふむ、ふむ……。

そしていつも出す結論は、

「プロポーションよければ、何だって似合う。カッコいい」

ということ。が、あまりにも詮ないことなので、自分で取り入れられることをいろいろ考えるわけ。

今年の秋、ジルサンダーでオーバーサイズのジャケットを買ったことを、既にお話ししたと思う。が、これは失敗だったとすぐに悟った。オーバーサイズのジャケット、ベージュのものは寅さんルック、と呼ばれるが、これは痩せて顔の小さい人でなければ似合わない。それが、私のような顔の大きいオバさんが着るとどうなるか。ただの大きな物体になるだけ。

「ハヤシさん、お店に行って直してもらったらどうですか、肩のところ」

秘書は言い、担当の店員さんに聞いたら、

「いつでも持ってきてください」

とのこと。しかし私は考えた。ジャケットは肩が命である。それをいじくっていいのだろうか……。

ファッション誌に戻る。

「今年のラインを決める」

という特集があった。それを見ると、モデルさんがオーバーサイズのジャケットの前をはだけ、ラフに羽織っていた。そうか、前のボタンをとめていたから、肩のラインが目立ったのか。ということで、今朝、グレイのニット、黒のタイトスカートに合わせて着てみた。確かに〝寅さんオバさん〟からは遠くなった。今年の冬、愛用することにしよう。

ところでこの四ヶ月、いろいろなことがあり自分のケアが出来なかった。エステも何回キャンセルしただろうか。ジムに行ったのはたった一回だけ。食べるだけが楽しみになり、うちでもらいもんのお菓子や果物を食べていた。友人が時々、レストランやお鮨屋の個室に誘ってくれた。人目につかないようにだ。小さな焼き鳥屋を貸し切りにしてくれたことも。そこでむしゃむしゃ。

その結果、ダイエットからは遠ざかり、顔がひとまわり大きくなったような。テレビで私の顔を見たヘアメイクさんが言った。

「マリコさん、顔がむくんでる。ストレスですっかり面変わりしている」

やっぱりそうか。なんとか努力して、少しはマシになりたいものである。そのためにも女子力を上げなくてはならない。

女子力がいちばん上がるのは、もちろん恋愛であるが、このトシでヒトヅマの私には到底無理な話。そうかといって、ことさら推したい芸能人もいない。

そうなれば、やっぱりおしゃれ。洋服を買うことでしょう。

ショップに行くのが私は大好き。サイズ的に着られないものがたくさんあったり、初めての店で冷たくされても、やっぱりお洋服を見てあれこれ選ぶのは、本当に楽しい時間。気持ちがぐーんと上がっていくのがわかる。

ちょっと前だと着物の展示会に行った時には、アドレナリンが最高値まで上がった。美しい着物見てぐーんと上がり、値段見てまたさらに上がり、心臓がドキドキバクバク。

「こんな高いもの無理。でも絶対に欲しい。今度、あの印税入ってくるし、なんとかなる。なんとかする」

このまま倒れるのではないかと思うくらい興奮した。しかしあれはもう遠い日になりつつある。今の私が着物を買うのは、当分は無理でしょう。

せめてお洋服はいっぱい買いましょうと、私はいくつかのバーゲンに行った。あるところで、ものすごく可愛いニットを発見。光るピンクやブルーの糸で編まれたニットである。可愛い、なんてもんじゃない。なんとこの素材のイブニングドレスもあるが、見るからに細い。せめて短いニット、と思ってかぶってみたら自分で大笑い。なんかハロウィーンの仮装みたいになってしまったのだ。

別のブランドで、紙のように薄い革のジャケットを発見。肩のところがかすかに破れていて七割引きになっていた。

このくらい、どうということはないと購入。次の日さっそく羽織る。やや力を入れて裾をひっぱったら、わけなく裂けた。もうへこみました。こんなのありだろうか。

負けないんだからっ！

私はプラダが大好き。

可愛いし、おしゃれ。カッティングが素晴らしく、シルエットが綺麗。素材がよくて、素肌に着るニットなんか最高……。

しかし私はこの四ヶ月間、プラダに行けなかった。それはなぜか。一連のゴタゴタによる、私へのネガティブキャンペーンの中で、

「全身プラダを、自分のYouTubeで自慢」

というネット記事が、繰り返し繰り返し流れたのだ。これを撮影したのは七月のことで、「マリコ書房」の中でのこと。「マリコ書房」は、ご存知のように、私の新刊や大好きな本について語るものだ。

「ヘンな人がつくのイヤだから、ひっそりと静かにやっていこう」

という趣旨のもと、登録者数三万人ぐらいのYouTube。広告はいっさいせずに（勝手についたものがあるけれど）、私のお金で運営していた。七月に白いプラダのブラウスを着ていたのは憶えている。

インタビュアーのユーコさんが尋ねた。

「それはどこのですか」

プラダ、と答えたのは確か。あのＹｏｕＴｕｂｅを見ているのは、私のファンばかりである。

「マリコさん、お似合い」

「可愛いブラウスですね」

という好意的なコメントばかりであった。ある時まで。

ところがある人（誰かはわかっている）がこのＹｏｕＴｕｂｅを見つけ、いっぱい悪いコメントをつけてテレビ局に売り込んだ、というのが真相である。

「自分のお金で何を着ようと自由だろ」

という声が大半であるが、しつこくしつこくネットに載せるグループがいる。

「理事長室でプラダを見せびらかすＹｏｕＴｕｂｅ」

と同じヤフコメが載る。

そんなわけでプラダから遠ざかっていたのであるが、もうじきクリスマスの季節になった。今年ものすごくお世話になった人たちにプレゼントをしたい。バッグは高くてとても無理だけれど、名刺入れとかキーホルダーなら買えるかも。

担当の人にＬＩＮＥをした。

「お久しぶりです。明日行きたいんだけど」

「ご連絡嬉しいです。待ってますよ」

私のものは何も買わないつもりだった。この頃あまり仕事していないから、前のようなショッピングは出来ない。

もし買うとしたら、せいぜいがニットかしら……。

そしてショップに入って、いきなり目に飛び込んできたのは、グレイのジャケット。オーソドックスな形だけれど、ビーズのスカートと組み合わせているのが新鮮だ。が、私にこんなコーディネイトは無理。だけどジャケットはなんてカッコいいの。

上の階で、いろんなニットを見せてもらっている最中、私は尋ねた。

「下でマネキンが着ていた、グレイのジャケットなんですけど」

「ああ、持ってきましょう」

さっそく着た。私にぴったり。ややオーバーサイズでたっぷりしている。袖も直さなくていいのにはびっくりだ。インポートものはたいてい切らなくてはならないのに。

「これって、私のためにあるみたい……」

「ハヤシさん、本当にぴったりですよ」

担当の店員さんは言った。

だが気になるのはお値段ですね。なんと四ヶ月来なかった間に、値札というものが消えていた。知りたかったら、いろいろ店員さんに頼んでバーコードで出してもらわなくてはならない。

「たぶん、○○万ぐらいかしら」

たいていあてることが出来る。長いこと買ってるもん。

「いいえ、△△万です」

「△△万！」

「ものすごくいいカシミアですからね」

信じられない値段。いくら円安といってもこれはひどいのではないのでしょうか。やめるべきだと思った。今の私には無理、とわかっていた。だけど四ヶ月ぶりのプラダ。その間、私はずーっと本当にイヤなめにあっていて、外出もままならなかった。やっとプラダに来られたんだ。ちょっとぐらい贅沢したっていいのではないだろうか。私は言った。

「これ、いただきます」

そう、お直しなしで着られるジャケットなんて、めったにあるもんじゃない。もう運命のジャケットなんだ。

「ところで……」

おそるおそる尋ねた。

「私のプラダ事件、知ってますか」

「えっ」と一瞬けげんな顔をしたが、担当者は微笑んだ。

「ああ、あれですね。ハヤシさん、大変なめにあいましたね。でも今日は来てくれて、本当に嬉しいですよ」

なんだか涙が出てきそうになった。これからも一生懸命働いて、プラダを着ようと思った私である。絶対に負けない。着たいものを着る。ま、サイズ問題あるから、着られるものは限られますけどね。

裂けるコート

それはもう四十年近く前のことになる。

私がこのａｎａｎの連載を始めた頃だ。

「ちょっと、ちょっとー」

と編集部の女性から電話がかかってきた。

「今度ハヤシさんの担当になるのは、マガジンハウスいちのハンサムなのよ。今日か明日行くと思うけど楽しみにしててね」

わー、嬉しい、と待っていたら仕事場のマンションに、一人の男性が現れた。背が高くて彫りの深い顔をしている。確かにハンサム（当時はイケメンという言葉はなかった）であるが、あまり感じがよくない。

「どーも」

と原稿を持って帰ろうとするので、

「ちょっとそこまでご一緒しませんか」

と引き止めた。

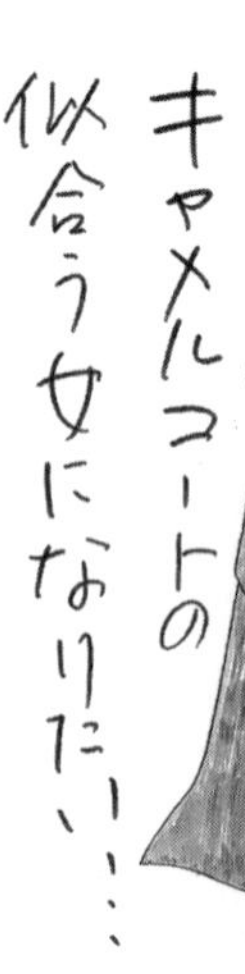

「いーすよ」

というわけで、近くの根津美術館の庭へ。途中に小さな肉屋さんがあり、そこのアジフライがおいしかった。二枚買い、庭で一枚ずつ食べた。

それがテツオとの出会いであった。ものすごく口が悪くて無愛想。しかし心根はやさしくて誠実な男性である。気が合ってずーっと仲よくしてきた。オールドファンなら知っていると思うが、このananの連載に、テツオは欠かせないものになっていった。

バブルの頃は、毎晩のように二人で遊んだっけ。東京ベイのインクスティックとか、青山のイタリアン、ビザビはよく通った。

私が直木賞をとった時の記者会見で、花束をくれたのもテツオである。

青春を共にしてきたテツオさんが、このたびマガジンハウスの社長となった。本当に嬉しい。思えば『君たちはどう生きるか』のコミック化を企画して、大ヒットをつくったっけ。仕事だって出来る。独身なのは不思議であるが、モテ過ぎたんだから仕方ない。

とにかくテツオさん、おめでとう。

なんて浮かれていたら、真冬になった。ここでコート問題が発生したのである。

私が何枚もコートを持っていることは、既にお話ししたと思う。お気に入りのコートがあって、そればかり着ている。

昨年買ったそれは濃紺のロングコート。さるブランドのものである。脇の下が五センチぐらいぱっくり割れていて脱ぎ着に便利。それが気に入って買ったのであるが、タクシーから降りる時に、ヘンなところに力が入り、下まで裂けてしまった。仕方なく店に持っていって修理してもらった。三万円もかかった。かなり高い。ところが一ヶ月もしないうちに、また裂けた。どうも私の体重のかかりように、布が耐えられないらしい。

また修理に出した。三万円。が、また破れ、三万円。合計九万円かかった。ちゃんとしたいいコートが買える値段である。だから破れはそのままにして今年また着た。そしたら、パックリはますます大きくなった。もう頭にきた。店に持っていきたくない。こうなってくると、私の体重というより、デザインの問題ではなかろうか。しかし捨てるのも口惜しい。洋裁をやる友人にあげようかと思っている。

今年、私がお気に入りにしようとしているのはキャメルのコートである。キャメルは大好きな色。これを着る時は、タイツや靴の色に気を遣うけど、キャメルというのは成熟の色だと思いません？

コートというのは、たいてい恋の思い出と結びついている。夏と違って、冬はしっとりと大人たちの恋のシーズン。コートを着ると、自然と手をつなぐことになる。手を彼のコートのポケットに入れたりして、とってもいい雰囲気。

そもそも私は、男性のコート姿が大好き。男性がトレンチコートを着ると、男ぶりが三割がた上がるような気がする。上等のウールを着て、カシミアのマフラーを巻いているのも好き。

今日は大人の男性五人と私ひとりの天ぷらを食べる会。なぜかずっと続いている。熱いてんぷらを食べるうちに、ある人が言った。

「このあいだ銀座に行ったら、ホステスさんが、ハヤシさんの『奇跡』という小説について話してたけど、どんな本なの」

「それはこういう話です。美しい人妻が運命の人と出会って恋に落ちるの。彼女はこんな風に、数人でわいわいご飯を食べる仲間がいる。彼もその一人だった。ある時なぜか他の人が来ないで二人きりになる。すると彼はずっと不機嫌になるの。次の店に行くタクシーの中でこう言う。『今日は仕方ないけど、もう二人きりになるのはやめよう』。どうして、って彼女が聞くと『もう自分の気持ちを抑えられないから』って彼が言う。そして次の店に着くと、店の前の暗闇で熱いキスをする。これが始まり」

いい話だねー、使えそうだな、と男性たちは感心してくれた。食事が終わり、それぞれが帰る。私はA氏の車に。お酒を飲まない彼はいつも送ってくれるのだ。

なんかぎこちなくなる私。つまらないことを喋っただろうか。考え過ぎなのわかってますけどね。だけどキャメルのコート着てるし。

スケジュール
びっしり

お籠もりチャンスに

短いけれど、やっと年末年始の休みに入る。

二〇二三年はまあ、いろんなことがあり、私は夏休みを一日もとっていない。この五ヶ月というもの、ジムにも行かず、エステにも行ったのは二回ぐらいか。外に行くこともなかったので、ぶくぶくと太ってきて、顔も弛《たる》んできた。

「私の美貌を返してほしいわ」

とヘアメイクのヒロミさんに言ったら、彼女はこんなことを。

「マリコさんは素材はいいの。肌はすっごく綺麗だし、髪も量がたっぷりあってさーらさら。腰の位置は高くて、手脚が長い。ただね……」

ただ、何なの？

「カタチがイマイチ。だからもっと頑張ってまず肉を落としてね」

ハイ、わかりましたよ。フォルムの問題ですね。

フォルムは頑張るとして、まずは顔のシミをなんとかしたい。コロナのマスク生活で、

ついズボラになり、化粧せずに出かけていたら、右頬に一円玉ぐらいのシミが出来たのである。

「これ、なんとかならないかしら」

やはり仲よしのヘアメイク、赤松ちゃんに相談したら、

「そりゃあ、やっぱり○○クリニックの、A子先生でしょう」

有名な女医さんを紹介してくれた。しかしシミ取りはダウンタイムがある。

「冬休みに入ってからの方がいいですよ」

ということで、さっそく昨日行ってきた。ちょっと痛かったけれど、レーザーをうってもらい、頬にはバンソウコウを貼られた。

「一週間後にはずしてくださいね」

そうか、ダウンタイムってこういうことなんだ。ずっとこれをつけていなくてはならない。それよりびっくりしたのは、A子先生の美しさだ。モデルのようなプロポーションに白衣をさらっと羽織っている。ドクターXの米倉さんを想像してくれればいいかもしれない。八センチぐらいのピンヒールを履いているのにもびっくりだ。

「先生、お仕事中もヒールだなんてカッコいいですね」

と言ったら、

「私はヒールじゃなきゃダメなんです」

とのこと。私は最近ヒールをあきらめ、フラットシューズかスニーカーである。八セン

チのヒールを日常履く人がいるなんて信じられない。

そういえば超高級ブランドの広報をやっていた友人は、ものすごい美人でいつも髪、服装に隙がなかった。そして驚くべきことには、自宅でもいつもヒールを履いていたのである。

「夫が、うちでもだらしない格好をしないでほしいって」

おうちは確かに大理石の床であるが、それにしてもヒールだなんて……。

A子先生を見ていて、ふとこの言葉を思い出した。

「ノブレス・オブリージュ」

そう、美人は美人にふるまう義務があるんですよね。

そんなこととは全く無縁の私は、クリニックに行く時、大切なものを忘れていた。化粧道具。レーザーをうってもちゃんとメイクは出来たのだ。私はこの後、三つも約束があった。ひとつめは編集者の人たちとのランチ。マスクをはずしたら、腫れはもうおさまっている。いいや、もう、という感じ。ふだんの私をよく知っている人たちだし。

その次の打ち合わせは、ずっとマスクをつけたままでなんとか終えた。しかし問題は夜の会食ですね。ちょっと気のはる方と食事をすることになっているのだ。バンソウコウをつけたままのスッピンではやはりまずいでしょう。

私はコンビニに走り、眉スティックを買ってきた。眉を描き、ポーチの中の口紅をつければなんとかなるような……。ならないか。

そして会食が始まる。

「ハヤシさん、そのバンソウコウ、どうしたんですか」

「いや、その。シミを取ってもらったんですよ」

「ふうーん」

相手の方はちょっと返答に困ったようだ。

こんなことがあと六日間続くのかと思うと、ゆううつである。何年か前、韓国の梨泰院を歩いていたら、顔にバンソウコウどころか、ガーゼ貼りつけている人が何人も、ぞろぞろ歩いていた。整形手術を終えたばかりなんだ。

「韓国じゃ整形なんて、なんにも恥ずかしいことじゃないから、堂々と歩いてるんだよ」

と教えてもらった。私の場合はたかがシミ取り。それなのにどうしてこんなにビクビクしなくてはいけないんだろう。

この正月休みはどこにも出かけず、ひたすらうちにいる予定。しかしジムには行こう。出来たらエステにも。

そう、私は素材がすっごくいい女なのよ。〝もともと〟って意味よね。あとは料理次第。私は私のシェフなの。ところで鳥羽シェフ離婚したんですね。

運を拓く、力もち

年賀状の九割が同じ文面だった。

「体に気をつけてね」

あんなに大変なめにあっているから、ふつうだったら、メンタルやられるか、体に不調をきたすのではないかと心配してくれているのだ。

でも私はへっちゃら。

夜もぐっすり夢も見ずに朝まで眠る。〇〇菌を飲んでるし、食欲もりもり、全然平気。ただ顔がむくんでいるような。コワいから体重計にのってない。でも確かにヘン。顔が日ましに大きくなっているのだ。

ついに意を決して約五ヶ月ぶりにクリニックに行った。月に一度、メディカルチェックをしてもらうところだ。

たぶん太っているだろうなあ、と思っていた。スカートが入らなくなっていたのである。

そして……、そして、なんと六キロ増！　血圧は二十上がっていた。

体は正直なんですね。お医者さんは言った。

「強いストレスを感じると、痩せる人と太る人がいるけど、ハヤシさんは後者の方なんですよ」

体は正直で、本当につらい、嫌なめにあった結果、こんなにブヨブヨになってしまったわけだ。うちから出ることも出来ず、近くのヘアサロンにも、スーパーの買い物にも行けなかった。楽しみといえば、個室で食べるおいしいものとお酒。うちで食べる、おせんべいとかお菓子。

テレビばっかり見てたっけ。

これではさすがにまずい、と思いかけていた暮れのこと、えり子さんから手紙が届いた。えり子さんというのは私の若い友人だ。中にスターバックスのプリペイドカードが入っていた。

「マリコさん、お元気ですか。どうかたまにはスタバでお茶をしてくださいね」

ありがとうね。やさしいやさしいえり子さん。

「マリコさん、それからうちで、恒例のお餅つきをします。どうぞ来てください。お待ちしています」

えり子さんは相撲部屋のおかみさんだ。まだ若くてものすごい美人。私の本をよく読んでくださっているそうで、人の紹介でお会いした。

親方もとてもいい方で、毎年私たちがやっているチャリティパーティーに、オークションの景品を出してくださっている。それは、

「相撲部屋でのちゃんこ付き見学ツアー」だ。これはとても高い値がつくので有難い。お相撲さんもいつもパーティー会場に連れてきてくださるので、みんな大喜びだ。

そうだ、お相撲さんだ。私は寝っころがっているソファから起き上がる。お相撲は昔から神事であり、邪気をはらうものとされているのだ。

嫌なことばかりだった二〇二三年、お相撲さんとの餅つきをしたら、私の運も上がるのではないか。

そんなワケで部屋の餅つきに出かけることにした。が、相撲部屋というのは、遠いところにある。葛飾区に行くのは総武線か……。

そうしたら運よく友人が、車に乗せていってくれるというので、高速でえり子さんのおうちに。玄関にはたくさんの靴が並んでいる。後援会の人たちも楽しみに来ているのだ。真冬なのに裸のお相撲さんたちが、杵《きね》でついている。ここの部屋はイケメンが多いことで有名なのだ。カッコよくてやさしい男たち。さっそくつきたてのお餅をいただく。アンコとキナコの二種類。一セット四個もある。

私が、こんなものを食べてもいいんでしょうか。でもすごくおいしい。やがて大鍋が運ばれてきた。野菜やお肉がたっぷり入っている。ちゃんこである。これもおかわりして、あたりを見わたした。

お相撲さんたちの餅つきは次第に佳境に入り、つくスピードが早くなっている。そして時には、見学者が中に入ってつかせてもらっている。女性もだ。

そう、ふつう土俵は女性が入れないことになっているのだが、今日は餅つきのため、とりはらってあるのだ。

「マリコさんも、ぜひお餅をついてください」

割烹着姿のえり子さんが勧めてくれる。そうだ、厄を落とすためにも、お餅つきしようかな。目立つことはあまりしたくないけど、下に降りて行った。

杵を持たせてもらう。とても重いけど臼の中にうちつける。

「ヨイショ！」

「ヨイショ！」

お相撲さんたちがかけ声をかけてくれて、とても晴れやかな気分になっていく。やはり年末に、お相撲さんとお餅つきをする、というのはものすごく意味あることなのだ。

ところがショッキングなことが。後に写真を見たら、私の横幅は小兵（小柄な）お相撲さんとたいして変わりないではないか。

そう、ストレスでこんなに。

「私の美貌を返してほしい」

心からそう思うから、あとは痩せるだけ。幸せになるだけ。二〇二四年頑張ります。

おしゃれのツケ

古市クンの誕生日パーティーに行った。

六本木ヒルズクラブが会場だ。昨年初めて行ったら、あまりにも有名人が多くて驚いた。あのアーティストもいたし、あの俳優さんもいた。すごい。今年はどうかなあと思ったら、やっぱりいっぱいいいた。キラ星のような方々がいる。話しかけちゃおう。

しかし、しかし……。ある人がニヤニヤしながら言う。

「マリコさん、フジの報道のえらい人だよ」

そう、あの騒動の最中、フジテレビにどれほどひどいことをされたか。ここでは多くを語るまい。私は長いこと番組審議委員をしてきて、フジとは仲がいいつもりであったが、信じられないようなことを次々とされた結果、もうチャンネルをまわさないようにしているんだから。

「私……、私……」

怒りを抑えるのがやっと。

「このウーロン茶、ひっかけていいですか」

私が本気と見て、その人は逃げてしまった。この温厚な私をこれだけ怒らせるなんて、あちらが本当に悪い。

もう帰ろうかと思ったら、入り口から背の高いカッコいい男性が。そう、リリー・フランキーさんだ。私はリリーさんの大ファンなので、一緒に写真を撮っていただいた。

それでやっといつもの私に戻ったワケ。そう、古市クンにもお礼とおわび言わないと。

彼のお誕生日会で、怒ったりして申しわけなかった。彼は、フジのワイドショーのコメンテーターをしているので、フジの人がごちゃごちゃいる。古市クンは、

「マリコさんが来て、フジの皆が困っているのがおかしい」

なんて言ってるけど、早く帰ることにしましょう。

ところで話はガラッと変わるようであるが、私は今、心から欲しいものがある。それは靴。かつて私は、「原宿のイメルダ夫人」と言われていた。イメルダ夫人、と言われてもピンとこない人、ググってください。靴を数千足持っていた元大統領夫人ですね。

うちの夫など、玄関に散らばる靴を見て、

「足が何本あるんだ！」

と怒ったりしたものである。よそに行くとよく、

「いつも可愛い素敵な靴履いてる」

と誉められたものである。

その私が今、すり減った四足の靴と、スニーカーで暮らしているのだ。

足の幅が広く甲高で、昔からとても苦労してきた。が、おしゃれな靴はあきらめたくない。その結果、窮屈でも自分の足で拡げて無理して履いていた。そのツケが最近まわってきて、右足の小指に大きなウオの目が。これが痛いのなんの。そのうえ、幅が急に広がってきた。おかげでやわらかい革かスエードのものしか入らなくなってしまったのである。

ヘビーローテーションは、ジル サンダーのつま先が真四角のもの、ルイ・ヴィトンのバレエシューズ、アルマーニの甲がすごく浅く入るもの、グッチのローファー、これで四足。

どれもブランド品であるが、こればっか履いているので、おしゃれ度もありがた味もすり切れてしまっている。裏を貼りかえたいのであるが、持っていく余裕もない。

気がつくと、私はくたびれた靴を履いているくたびれたオバさんになってしまった。もうおしゃれについてなんか語る資格はない。

ハイヒールは全滅した。うちにはどっちゃりとプラダの靴があるのに、履けるものは一足もない。もともとプラダの木型は細いのだ。試しにそのうちの一足に足を入れたら、つま先しか入らない。

「本当に私、この靴を履いていたんでしょうか?」

まわりに履ける人がいたら、いくらでもあげるのだが、秘書も担当編集者の人たちもみんな足が小さい。

仕方なくメルカリに出したのであるが、靴というのはなかなか売れないのである……。といって愚痴ばかり言っていても仕方ない。ネットで見て行きましたよ。足専門のクリニック。

行ってみて驚いた。予約したのだが、待合室にはたくさんの人がいる。全員女性である。やっぱりね。おしゃれな靴を履きたいばっかりに、長年かなり無理をしてきたんだよね。

やがて私の番になった。レントゲンを撮る。これといって異常なし。その後ウオの目を削ってもらったのであるが、その痛いことといったらない。ヒエーッ！

二回行ったけれど、まだ痛みは取れない。私は片足をひきずるすごい不自然な歩き方をしているみたい。

このあいだ仲よしの中井美穂ちゃんが靴をくれた。ヒョウ柄の布。夏にもサンダルをくれたけどこれも入った。

「マリコさんの靴の苦労、私もわかるから」

だって。ありがとう。そういえば美穂ちゃん、フジテレビ出身だよね。

酸いも甘いもご馳走さま

今月の「Ｈａｎａｋｏ」は、スイーツ特集。ショートケーキ、シュークリーム、ドーナツを徹底調査している。

そのおいしそうなことといったらない。イチゴのショートケーキの写真を見ていたら、もう我慢出来なくなった。

「ショートケーキが食べたい！　イチゴのやつ！」

ということで、某ホテルのコーヒーハウスへ。ここはケーキが高いことで有名。最高級のメロンを使ったもので三千円というものもある。まあふつうのものでも千円を越す。

コーヒーを頼み、友人と、

「ケーキセットで」

と言いかけて、私の中で突然大きな力が働いた。今、ダイエット中だと思い出したのだ。今度のダイエットはかなり深刻。なにしろ、ストレスで六キロも体重を増やしたのだ。必死になって一キロ減らしたものの、人生最高のデブになっている。

「やっぱり私はやめとく！」

とは言うものの、真冬に食べるのに、イチゴのショートケーキぐらいふさわしいものがあるだろうか。真っ赤なイチゴと、生クリームの白とのコントラストが、キリッと清潔である。

そして最近のショートケーキは、甘味がおさえられているので、さほどの罪悪感はない。やっぱり注文した。

ところでそれほど自慢にもならないことであるが、私の頭の中には「おいしいものMAP」がある。スイーツや麺類といったすぐに食べられるお店が、コンピューター並みに出てくるのだ。

たとえば銀座の七丁目あたりを歩いていると、私はすぐに思う。

「ウエストのシュークリームを買っていこう」

神保町では、

「竹むらの揚げまんじゅう」

阿佐谷ではもちろん、うさぎやのどらやき（注・二〇二四年五月に閉店）。

麻布十番に行ったら、浪花家のたいやきはマストですね。豆源のおとぼけ豆も。

つい最近のこと、打ち合わせの帰りに青山通りを車で走っていた私は叫んだ。

「すみません、とらやはすぐそこ。菓寮でお汁粉を食べませんか」

同乗していた人たちも、それがいい、それがいい、と大賛成。そして皆で仲よくお汁粉をいただいたのである。嫌いな人とお酒を飲むことはまあ義理であるけれども、嫌いな人とスイーツを食べることはまずない。必ず好きな人、気の合った人と食べるはず。だからいい思い出ばかり……。

なんて日々をおくっていたら、カレンダーは、はや二月。

年賀状の整理をしていたらA子ちゃんのものが。A子ちゃんはもともとは私のファンで、サイン会に来てくれたのがきっかけとなり、つき合いが始まった。といっても、この三年ぐらい会ってないけど。

「A子ちゃん、結婚するらしいよ。今、同棲している人と。彼とはアプリで知り合ったんだって」

うちの秘書セトが結構驚く。

「アプリですか。珍しいですよね」

「えー、そうかな。もう珍しくもなんともないよ。このあいだだって、私の担当編集者が二人、アプリで結婚したばっかりだし」

そうそう、有名出版社に勤める彼ら二人。一人は結婚、一人は同棲中。

「あんなところに勤めてる東大出身の方も、アプリで結婚するんですね」

とセトはびっくりしていたっけ。

「だから、アプリで知り合って結婚って、もうふつうなんだよ」

「そうですかね。私のまわりではあんまり聞きません。ちょっとつき合うことはあっても、結婚までいくのは不安なんじゃないですか」

セトが言うには、

「やっぱり紹介してくれる人とか、知り合う素地がカットされているのはどうですかね。本当に相手の言うことが正しいかよくわからないし」

「そうかもね。同じ学校とか、同じ職場で、なんていうのは、今の時代、あんまりないけど、友だちの職場の人とか、友だちの大学のサークルの人、っていう感じで、紹介されてつき合うのが多いよね」

「ですから、私、アプリはやっぱり、ちょっと気が進みませんね」

「だけどいっぺんやってみなよ。あなたなんか申し込みいっぱい来ると思うよ」

うちのセトは何度も言っているとおり、このあいだまでCAをしていた美人。気はきくし、性格もいい。まだ二十代だし、アプリにプロフィール載っけたら殺到すると思うんだが、今、恋人いるしね。

「まあ、今の彼とは二十代のつき合い、って感じでテキトーにやって、後はゆっくりと結婚相手探せばいいんじゃないの」

「でも私はアプリはやりません」

そうかといって、合コンもあまり好きじゃないみたいだ。恋は星が降るように落ちてくるわけじゃない。望まなければ恋はやってこない。まだ二十代だと、そんなことわからないだろうけど。人生はイチゴのショートケーキじゃない。キレイで甘くなんかないんだよ。ホント。

マリコの〃タケノコ生活〃

友だちの中でも、お金持ちベスト3に入る、マダム・Jが言った。

「マリコさん、私、このあいだ銀座のディオールに行ったの。その楽しいことといったらないわよ」

「まっ、ディオール！　あんな高いところ、私は入ったことないよ。昔はバッグをちらちら見たけど、今はバク上がり。とてもとても行けません」

「買わなくたっていいのよー」

彼女はうっとりした目つきになる。

「このあいだヴォーグに出てた、あのジャケットが見たいの、とか言っていろいろ出してもらうの。買わなくても、お店の人といろいろお話しするのが本当に楽しくって。このあいだは百三十万円のコートを、買おうかどうか迷って、やっぱり買わなかったけど、そういう時間がとっても楽しいの。ディオールは、大人のテーマパークね」

一度も買ったことはないけれど、ちゃんと担当の人がついてくれているんだって。

私が思うに、ハイ・ブランドの方々も、いくらお金があるからといっても、インバウン

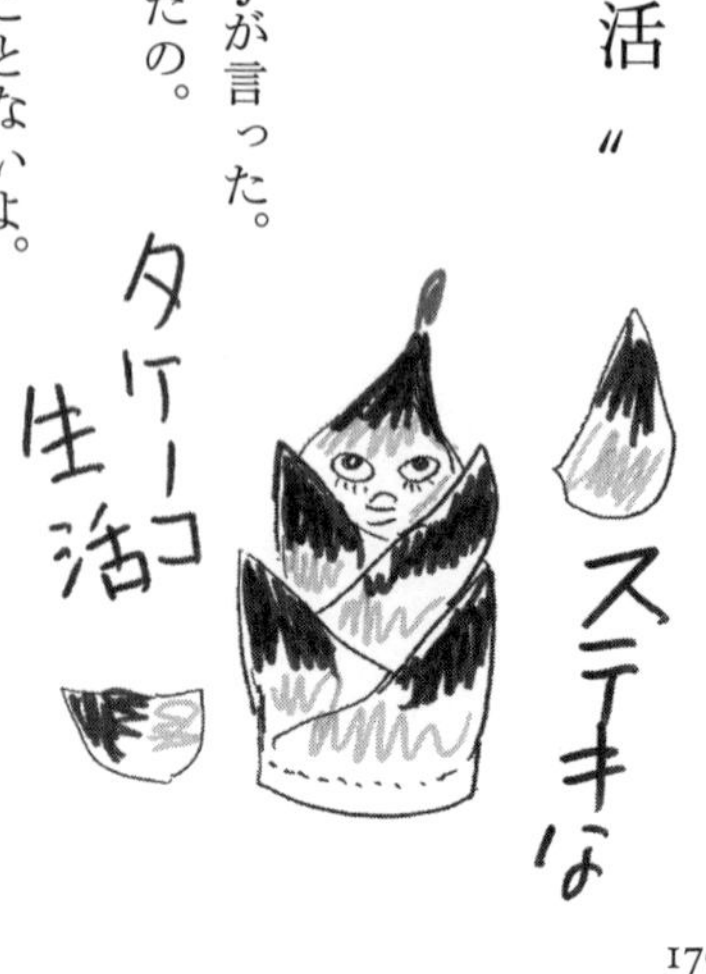

ドの若いコたちを相手にするばかりではそう楽しくもないだろう。

マダム・Jのように、高そうなお洋服を着こなし、宝石もさりげなくつけて、しかも知識も豊富な女性が来店したら、やっぱり嬉しいのではないだろうか。

私が昔、ヨーロッパで買い物をする時、いちばん気をつけていたのは、

「店員さんに値踏みされても、大丈夫なような洋服やマナーを守る」

ということであった。

そんなに語学は出来ずとも、とにかく店員さんに自分の意思を伝える。

「春のワンピースが欲しい」

そして勧められたら椅子に腰かけ、あれこれ持ってきてくれるものを見る。必要だったら試着する。それで買わなくてもオッケー、マナーを守れば。

まあ、今のシステムだと、店に入った時に店員さんがしっかりとついて、まず何が欲しいか、と問われる。昔みたいにダラダラ見ることは許されないようだ。

ところで昨日、おしゃれ番長のA子さんがやってきた。彼女は私の持っているバッグやアクセ何点かを、買い取り店に持っていってくれるというのだ。

「まずは交渉してくるから、スマホで写真撮ってくわ」

てきぱきとことを進めてくれている。

もう使っていないエルメスやシャネルのバッグ、お財布、アクセｅｔｃをテーブルの上に並べた。

このうち何点かは、A子さんと一緒に香港や台湾で買ったものだ。

「あの頃、どのバッグも二十万円台で買えたのに、今はどれも百万円以上になっている。本当に信じられないよ」

そんなわけで買い取り業者が大繁盛。エルメスやシャネルを高値で買ってくれるのだそうだ。

「思えば、私たち本当にいい時代を過ごしてきたよね……」

〝バブルおばさん〟と陰口を叩かれても、やっぱり言わずにはいられない。

「ヨーロッパには年に何回も行って、お買い物し放題。あの頃は日本人の店員さんと仲よくなってて、エルメスのバーキンなんて、ちゃんと奥から出してくれた。おしゃれして素敵なレストランに行って……。あぁ、あの頃が懐かしい」

今はこうして、その時代に買ったものを売ってるんだわ。

「私も今、バンバン昔のものを売っていて、まわりから〝タケノコ生活〟って言われてるの。でもそんなにみじめなわけじゃない。今のものを買うために必要なんだから。だから〝素敵なタケノコ生活〟なのよ」

なるほど。

本当にビンボーゆえじゃなくて、モノが溢れてるから、新しいものを買いたいから、が理由の私たちの〝タケノコ生活〟。

その日A子さんは、コム・デ・ギャルソンのTシャツに、ジャージのジャケットを組み合わせていた。今は、中国から火がついて、コム・デが、何度目かの大ブームなんだって。

「だからコム・デは、古着でもいい値段つくよ。これと色違いのTシャツ、一万円で売れたもの」

ひー、そんなことが。今度はクローゼットを探険しようと考える私。

実は売れそうなものは何点かとってある。ピンクのシャネルスーツは、私がずーっと痩せていた時のものでサイズはふつう。あれなんかかなり高値がつくはず。ヴァレンティノのロングスカート。ピンクのスエードで出来ていて、途中からレースで足が透けるというもの。アルマーニのイブニング。それからプラダのコート何点か……。

このうち紺色のハーフコートを見ているうちに、ふとある考えがよぎった。

「〝バブルおばさん〟が〝欲深おばさん〟になってはいけない」

私はずっとお洋服は売るものではなく、人にあげるものと思ってたんじゃなかったっけ。そんなわけで秘書のセトにあげた。すごく喜んでくれた。似合っててかわいい。

タケノコの皮をはがす時に、大切な人のことを考えようとつくづく思った。

シン・港区女子

ストレスのあまり、六キロ太り、血圧がぐーんと上がったことは既にお話ししたと思う。

今はお医者さんの診断の下、ダイエットに励み三キロ痩せた。血圧もぐーんと下がった。一時期は顔もむくみ、精神状態もあまりよくなく、

「私の美貌を返してほしい！」

と叫びたい日も続いたが、この頃やっと平穏な日々が戻ってきた。

取材も久しぶりに受けた。「クロワッサン」のグラビアで、某有名俳優さんと対談したのだ。

こういう時、お洋服をまず買いに走る私である。スタイリストさんに頼んでいた時もあったのであるが、私のサイズだとなかなか合うものがなく、迷惑をかけてしまう。それにお洋服を買うのは、私の最高の娯楽。結局は自分で揃えるのが早いかもと思ってしまうのだ。

その日私が着たのは、春らしいイエローのジャケットに、ジッパーがアクセントのジャ

ージシャツ。ジャケットと同じ素材の黒のスカート。

ヘアメイクはヒロミさんに頼んだ。ヒロミさんはメイク前に、念入りにマッサージをしてくれる。これだけでも顔が上がっていく。

「マリコさん、今日も肌がピッカピカ」

そう、エステに行ってきたばかりだもん。

やっとエステに行く余裕も出来てきたのだ。人が言うには、

「最近のエステは、どんどんマシーン系になってきている。昔からの癒やし系は少なくなっているよ」

ということであるが、私は熟練エステティシャンの、やさしいマッサージが大好き。しかしあの至福の時に、どうしてイビキをかくんだろう。それも自分ではっきりわかるようなイビキ。私だけじゃない、友人たちもみんな、自分のイビキで目が覚めるという。浅い睡眠、レム睡眠というやつだろうか。

それはともかく、お肌の調子もいい感じ。髪もサラサラ。残念なのはもっさりした二重顎なんだが、もうこれは仕方ないかも。対談相手は、私が前から大好きな俳優さん。背が高くてイケメンで、とてもやさしい。これで会うのは二度目だけど、最初の時のことを憶えていてくださった！

うちの秘書が見ていて言うには、

「ハヤシさん、完璧なメイクをしてもらって、チークも素敵でした。だけどあの俳優さん

と会ったとたん、ハヤシさん、ポーッと赤くなって、チークの上にさらにいい感じで赤が入ってましたよ」

こういうお仕事をしているうちに、私もいつのまにか元に戻れたような気がしてきた。

（どんな元なんだ⁉）

そのすぐ後のこと、お金持ちの男の人たちとご飯を食べることになった。彼らは港区女子を連れてきていた。

遠くから見ることはあっても、彼女たちと話をするのは初めてだ。

「どこに住んでるの」

「西麻布です」

「麻布十番です」

やっぱり港区かとすっかり嬉しくなってしまった。

港区女子というのは、港区に住み、港区を遊び場にする女性たちというのは聞いていたけれども、バブルの時みたいに、愛人をして、なんてことはない。自分でも稼ぐ。高学歴、高収入、高い美意識。これぞ新時代の〝三高女子〟だろう。

一人は外資、一人は広告代理店。どちらも海外の大学に留学している。もうひとつ共通しているのは、ネイルにものすごく凝っていることだろう。ギャルっぽいのではないのだが、ストーンの入れ方もすごい。

まずはシャンパンで乾杯。港区女子はキレイでおしゃれなんだが、それだけじゃない。

なんか存在感がすごかった。自分の人生を全肯定、という感じがひしひしと伝わってくる。なんていおうか、こんな風におじさんたちに高いシャンパン開けさせても、平然としている。

「すみませーん、いただきます」

という感じがまるでない。自分のためにお金を遣われるのは当然という感じなのであるが、そうかといって傲慢という感じでもなく、自然なのだ。なんかカッコいい、と私はすっかり感心してしまった。そのうちに私は気づいた。早く帰らなくちゃ。単ににぎやかしの私。

本当の合コンというか、パーティーはこれから始まるんだろう。どさくさにまぎれてシャンパン飲んで、出前のお鮨も食べた。そろそろ帰らなきゃ。

そしてタクシーの中で思い出した。私もかつては港区女子だったことを。住んでいたところは東麻布。当時は下町であったけど。

毎晩のように遊びに出かけていたっけ。行き先は六本木か青山。見事に港区女子の条件は揃っていた。が、少しもイケてなかったのは、自分に自信がなかったこと。踊るのは恥ずかしくて、ただお酒を飲んでいただけ。ビンボー人の男の人としかつき合ったことはない。

そう、当時はお金持ちといえば地上げ屋か、不動産屋のおじさん。今みたいに投資家や起業家の知的でセンスのいいお金持ちはいなかった。まあ仕方ない。何が仕方ないかわからないけど。

盗まれたハート

春のある日、明治座に出かけた。

私は芝居好きであるが、明治座にはなかなか行かない。遠いところにある、という印象であった。が、今回わかった。いつもの千代田線ではなく、少し歩いて京王新線、都営新宿線の駅から乗ればすごく近いということ。

これならもっと来よう。梅沢富美男さんの劇団なんかも一度見てみたい。

さて今回のお芝居は、メイジ・ザ・キャッツアイ、今すごく話題になっている。というのも、高島礼子さん、藤原紀香さん、剛力彩芽さんという人気女優たちが、三人姉妹となって共演しているから。おしゃれなミュージカル仕立てだ。

前から四番目のとてもいい席で、女優さんたちをバッチリ見ることが出来た。泥棒に扮した剛力彩芽ちゃんが、猫の雰囲気でさっと現れると、場内から、

「か、かわいい……」

とため息が漏れた。本当に子猫みたいで可愛い。末っ子の役だ。

そして高島礼子さんが登場すると、今度は、

「キレイ……」

という声があちらこちら。本当にエレガントな美しい方で、着物を着ると、ますますその魅力が際立つ。長女の役だ。

最後に藤原紀香さんが現れた。そういう衣装を着ていることもあるが、プロポーションが人間ばなれしている。大きなバストにくびれたウエスト、信じられないくらい長い脚。愛くるしい顔が完璧なボディの上にのっている。

秘書のセトと一緒だったのだが、彼女は生まれて初めて、紀香さんを間近に見てすっかり心奪われたようだ。

「ナマ紀香を見て、私は紀香ショックです」

帰り道で言った。

「あんなキレイな人がこの世にいるでしょうか。私はいったい何なんだろうって、考えてしまいます」

何度も言うが、うちのセトはコロナ前、某大手航空会社のCAをしていた。

「ハヤシさんのところの秘書、美人ですね」

と皆から言われるレベルである。その彼女がナマ紀香を見てすっかり落ち込んでいるのだ。

「私とあまりにも差があるので、なんだかすっかりイヤになります。同じ女でも、どうし

てこんなに違うんだろうって」

「同じ明治座で、うちの親戚のコが、『黒革の手帖』の米倉涼子さんを見たの。そして同じようにすごいショックを受けてたよ。同じ女なのにって……」

「わかります。紀香さんのあの顔、あのスタイル、あんな風に生まれたら、もうふつうの女性として生きるのは無理ですよね。芸能人として生きるしか道はないと思います」

「確か彼女、高校生の時にスカウトされたんじゃなかったっけ」

「やっぱりそうでしょうね」

深く頷く。

そしてセトは次の日、私のところに来てこう言うではないか。

「ハヤシさん、犬も長くいると飼い主に似てくるって言いますよね」

「へぇー、そうなの」

「そうなんですよ。人間だって同じじゃないですかね。やっぱりキレイな人と一緒に暮らせば、だんだんキレイになってくるんじゃないですか」

そのためには、美しい男と結婚しなくてはと彼女は言う。

「紀香さんって、歌舞伎の愛之助さんと結婚してますよね。私、それについてもすっごく尊敬してます。自分がお芝居の座長をやるぐらいに忙しいのに、同時に梨園の妻もやられているんですよね。愛之助さんもすっごいイケメン。ああいう人と結婚したら、ますます美しくなりますよね」

「なるほどね。だけどあそこのカップルは、最初から美男美女なんだよ。別に愛之助さんと結婚しなくても、紀香さんは美女なんじゃないの」

「そうですかね。でも紀香さんは結婚なさってから、ますます美しくなられたと思います」

「精神的にも安定しているからじゃないの」

それからうちのセトは、紀香さんのことばかり言うようになった。彼女のあのプロポーションを思えば、ジムのつらいことにも耐えられるようになったそうだ。

人ってあまりにも美しい人を見ると、やたら興奮することがある。

あれは何年か前、宝塚の舞台を見に行った時のこと。私は宝塚をめったに見に行かないので、その都度感動してしまう。

この世にこんな美しい人たちがいるだろうか……、という感動である。

休憩時間にエスカレーターで降りる時、多くの女性でいっぱいになる。みんなふつうの人たち。

「この舞台見たらつらいだろうなー」

と上から目線で思った私。劇場を出て近くのビルのカフェに向かった。ここでお茶をしてトイレを借りるのだ。このビルのエレベーターが全面ガラスになっている。

「ギャ〜〜〜！」

己の姿を見て本当にのけぞった。いちばんつらいのアンタだろう！

仲よしの秘訣

急に暖かくなったり、真冬に戻ったりと、着るものに本当に困る今日この頃であるが、最近ものすごく気に入っているのがマルニのカーディガン。色とデザインが可愛くて何にでも合う。しかも上等のカシミアなので、着るとふんわり軽い。あまり着過ぎて、少し肘のへんがヘタってしまった。

私は靴でもバッグでも、一回使い出すとそればかり。だからヘタレも早い。ヘタレ服は外に着ていけず、おうち専用になる。しかし、うちの中で上等なカシミアを着るのはいいもんだ。きちんと暮らしている、という感じがする。

さてコロナもすっかり落ち着き、会食の日々が戻ってきた。私のスケジュールは、この頃びっしりと埋まっている。それもなかなか予約のとれない有名店ばかり。別に自慢しているわけではなく、私のまわりにはグルメの友人が何人もいて、月に何度か席を押さえているのである。しょっちゅう、

「〇月×日、どう？」

とLINEが入ってくる。

ご馳走してもらうこともあるが、たいていはワリカンである。

「仲を長続きさせるには、それがいちばん」

と私が主張したのだ。

ワリカンの時は、彼らはワインを何本か持ってきてくれる。そして楽しいお食事スタート。

先週は築地のはずれのフグ屋さんに行った。フグ刺の中心にキャビアを入れて、花のようなデコレーションにしていた。あまりにも手が込んでいてびっくり。

次の日は恵比寿のイタリアンレストラン。路地の奥にあって看板も出ていない小さなお店だが、びっくりするぐらいおいしくて、値段もリーズナブル。

ただひとつ困るのは、少量とはいえ、パスタが五種類出てくること。

「僕はパスタが大好物だから、ここは最高なんだ」

と友人は言うが、万年ダイエッターの私には困ります。

その次の日は、銀座の超豪華な中華。これは友人のご招待。何から何までおいしかった。

そのまた次の日は、荒木町の割烹で和食のコース。ここは私のご招待。五人で食事
……。

と毎日おいしいもの食べてお酒もどっさり飲む。これじゃ体にいいわけがない。もう私もトシだし、これからは「ノー外食デイ」を週に二日はつくらなくてはと心に決めた。

ところで東京の新名所といえば、麻布台ヒルズ。ここは元「港区女子」の私が住んでい

たところから目と鼻の先にある。六本木から東京タワーに向かっての道は、ロシア大使館の大きな建物があり当時は人影も少なかった。「キャンティ」のあかりに集まる人ぐらい。

それがどかんと、巨大な施設が出来たのだ。昨年の暮れ、オープンしたての時に行ったら、あまりにもたくさんの人が来ていてびっくり。ちょうどクリスマス前で、中庭にはずらりと市場が出来ていた。

一緒に行った人が言った。

「知ってる？　ここの分譲マンションは最高額が二百億なんだよ」

「二百億！　ウソでしょ」

「ホントよ」

「二百億あれば、広尾だろうと青山だろうと、すっごい大豪邸建てられるじゃん」

「だけど大金持ちにしてみれば、セキュリティと管理はしっかりしているからマンションの方がずっといいはず」

そんなものなのでしょうか。

何か食べていく？　ということになったのであるが、こんな家賃の高いところは、きっとレストランも高いよね、予約も大変そうだし、と早々に帰った私たち。

ところがおとといのことである。私が入っているボランティア団体のミーティングがあった。終わったのは夜の九時近い。ここですぐに帰るべきなんであろうが、久しぶりに会った仲間と別れがたくなってきた。今夜は夫も遅いと言ってたし……。

「何か食べてく？」

私が言って皆も賛成。

「でもこの時間からどこにする？」

その時友だちが提案したのが、麻布台ヒルズだったのである。

「麻布台ヒルズの中に、すごくいいおそば屋さん見つけたよ。料理のメニューもいっぱいあってしかも安い」

本当にそんな店があるのかしらと、とにかく友だちの車に皆で乗って麻布台へ。上のレストラン街に行って驚いた。若い人たちでいっぱいだ。おしゃれな居酒屋さんもある。めあてのおそば屋に入ったら、

「マリコさん、久しぶり」

「しばらく」

と二人から声をかけられた。なんと代々木上原にあるおそば屋の店長さんたち。そう、ここは支店だったのだ。

焼酎をボトルで頼み、サラダに、タコの煮たの、カマボコ、天ぷら、玉子焼きを頼み、最後はここの名物大せいろ。大きなざるに盛られたおそばを各自が好きなおつゆで食べる。六人分を五人で食べた。なんておいしいんだ、大せいろ。なんて楽しいんだ、大せいろ。箸でつつき合って食べる、気の置けないご飯って本当に楽しい。その日皆でワリカンで、一人四千円！　麻布台ヒルズで。

まさかの試合終了!?

大谷翔平選手結婚、という激震が走った時、私のまわりの女たちは、へなへなと力が抜けてしまった。

私が結婚したかった、という図々しい人はさすがにいなくて、年齢的にも、

「娘と結婚してほしかった」

というのがほとんど。

「自分の娘がそんなに魅力あると思ってるの？」

意地悪な男性が言ったけれど、それとは別。日本中の、娘を持つほとんどの女親が、同じ妄想を抱いたに違いない。

ある日、大谷翔平クンが義理の息子となり、自分のことをママと呼んでくれる。そしてご飯に一緒に行く。スーパースターだから、みんながジロジロ見るけど、このくらいは我慢しなくてはね。

食事のお礼に、時々は洋服を買ってあげるの。サイズがないかもしれないけど、行きつ

けのお店に連れていって、店員さんなんかに見せびらかす。もちろんロスの試合にだって行く。家族パスをもらって、最前列で見る……。

とこの数年、さまざまな夢を見せてもらったけれど、これも今日ですべて終わり。しかし私はあきらめない。

「もしかしたら、知り合い、ということはないかしら」

今のところお相手の情報が入ってこない。あるスポーツ選手という噂であるが、まだ彼がはっきりと肯定したわけではない。ひょっとして私の仲よしの娘さんとか、あるいは私の担当編集者ということだってあるかも……（ないか）。

「いずれにしても、女子アナだけはやめてほしいなあ」

これはみんなも同じらしい。女子アナの方々が悪いわけじゃないけれど、勝ち組の彼女たちにこれ以上勝利をもっていかれるのもイヤ。

「CAって線もあるかもね」

ひと昔前、プロ野球選手はみんな、CAさんと結婚していた。向こうのステイ先で、皆で飲みに行くみたいだ。

「だって他に知り合うチャンスないじゃん。大谷選手が、飲み会や外食に行けるはずもないし、飛行機の中で知り合うしかないよ。彼が連絡先聞いたら、どんなCAさんも断らないと思うよ」

「そんなの、絶対にイヤですね」

元CAの秘書は、強い口調になる。

「私は○・○一パーセントのチャンスもなく、かすりもしなかったんです。それなのに他のCAが、あの大谷と結婚するなんて許せません」

「わかった、わかった」

なだめるためにこんな推理も。

「私、なんだかファッション関係の人のような気がする。スタイリストさんじゃないかな、CM撮りした時に担当したのが縁で」

「私、きっと年上のような気がしますね」

と二人でさんざん勝手なことを言ううちに、奥さんがスポーツ選手という説が濃厚になってきた。

「アスリートで美人だったら、もう仕方ないかもねー」

「そうですね、いい選択だったと思います」

まあ、大谷選手は別として、多くのスターが奥さん選びで人気を失くした例を私は知っている。

某野球選手が、女子アナと結婚した時だ。

「見損ないましたよ。あんな女と結婚するなんて」

仲のいい女性編集者がものすごく怒っていた。

「あら、すっごい美人で頭もよさそうじゃん」

「ハヤシさん、知ってますか？　あの人、昔、〇〇（プロ野球選手）とつき合ってたんですよ。フラれたもんで、腹イセで彼と結婚するんです」

「まあ、モテたってことじゃないの」

私にしては珍しくワルグチを避けたのに、彼女は次第に怒りをつのらせてきた。

「あの人、〇〇のお下がりでいいんですかね。信じられませんよッ」

有名人と結婚するのは本当に大変だなあと実感。

ところで全然話が変わるようであるが、昨夜はさる相撲部屋に遊びに行った。私はここのおかみさんと仲よしで、親方が巡業中に女子会をしたのである。女五人で、シャンパン、ワイン、日本酒を飲みながら、話題はやはり大谷選手の結婚に。おかみさんが言うには、部屋の人気力士が結婚するが、相手はＣＡさん。彼女が大ファンで、押しに押したそうだ。

そういえば、と、私。

「若貴兄弟のことを思い出したよ。あの頃あの二人ってスーパースター。大谷選手ほどじゃなかったけど国民的人気者」

どんな人がお嫁さんになるんだろうかと、日本中の興味の的だった。そしてお兄ちゃんはＣＡさん、弟の方は女子アナと結婚した。お二人とも別れたけれど、華やかなあの騒ぎと驚き。懐かしいなあ。スターさんは誰と結婚しても皆が興奮する。

日本中の女性たちが一刻も早く正気に戻り、ふつうに大谷選手の結婚を祝福出来るようになることを祈るばかり。私はかなりショックから立ち直ったけど。

もういいや！

「私ね、最近自分のこと、ジョブ子って呼んでるの」

女三人のランチの途中、友人が言った。

「もう毎日、着ているものは黒って決めて、何枚かから選ぶ。ローテーションで着る。まあ、小物で変化つけるけどね」

スティーブ・ジョブズのことらしい。この友人はおしゃれ番長として有名で、それこそいろんなものを着まくってきた。そしてたどりついた境地が、「ジョブ子」ということなんだ。

「おつとめやめてフリーランスになったんだし、もう着るもので毎朝そんなに悩むことないと思うようになったの」

「わかるなァ……」

と私。かなりレベルが違うけど。

「毎日インナーとスカートを選んで、下に降りてく。階下のくるくるまわるラックには、七枚ぐらいジャケットがある。それとスカートを組み合わせる。といっても、スカートと

ジャケットはたいてい黒か紺。大学の人たちは、私が毎日同じものを着てると思ってるだろうけど、毎朝そんなに悩んでる時間はない」

ジャケットできちんと感を出せればいいと思ってる。

「困るのは、何かのセレモニーの時だよね。来週竣工式でテープカットをするんだけど、男の人に混じるからピンクかブルーを着たい。だけどそんな色の服を持ってない」

ピンクやブルーだと、女性の政治家になってしまう。彼女たちは男性の中で目立つように華やかな色を着る。マギーが多いらしい。マギーか……。生涯一度も着たことがない。

レオナールもそう。

このあいだ帝国ホテルプラザを歩いていた。あそこはもうじき閉館するらしい。さよならバーゲンをやっていた。が、お金持ちマダムのためのお店が多く、私に似合いそうなものはなかった。

気づくとレオナールのお店の前。サイズもないが……。

ふーむ、レオナール。私はレオナールが似合う女の人生を考えた。まず思いうかべるのはサッチーだ。そう、野村元監督の奥さん。すごくエバってて悪妻のイメージが強かったが、ダンナさんには深く愛された。野村監督は彼女の死後、経歴詐称にも触れ、

「言ってることは全部嘘だった。だけどオレにとってあんなに可愛い女はいなかった」

とおっしゃり、後を追うように亡くなられた。こんなに愛されて本当に羨ましいサッチー。

仲のいい友人にも、レオナールがものすごく似合う女性が。彼女はモテることで有名だ。いつでも恋人がいる。すぐ男の人をメロメロにする。

レオナールが似合う女。それは女らしくて男の人がほっとかないタイプ。まあ、私とはかけ離れている。一生着ることはないだろう。と書いているうちに、今なんだか着てみたくなってきた。ネットショップで見たら、比較的シンプルで可愛いワンピが。サイズもある。しかしお高い。冒険はやめよう……。

よこ道にそれた。ジョブ子について話しているのであった。

「私もね、同じものを着てる、って言われてももう、いいって思うようになっちゃった。昔のものひっぱり出したり、似合わないものを無理して着るよりも、ジョブ子でいいよ。シンプルで上質なものをきちんと着る。もうそれに尽きるよ」

「そうだよねー。ジョブズはイッセイミヤケにデザインしてもらったりして、同じような黒のニットでも、ものすごく贅沢で凝ってたんだよ」

「なるほどねー」

とその時は納得。

おとといのこと、某女性とお食事をした。東大卒のバリバリエリート。しかも美人である。彼女のその日のファッションは、真っ赤なミニワンピースと黒いブーツであった。テレビに出ている時は、いつもジャケットなのに。

「か、かわいい」

意表を衝《つ》かれて私はドキドキ。四十代だけどまるで少女みたいだ。

「なんか赤を着てみたかったから」

一緒にいた男性もちょっと驚いていたみたいだが、表情がメロメロ。

私はその夜の記念に、写真を撮った。アイドルみたいな彼女の横にいるのは、グレイのジャケットに黒のスカートというジョブ子おばさん。ただただくすんで見える。

ところで今、私たちの話題の的は、飲むだけで痩せるという夢の薬、アレです。ドラッグストアで買えるらしい。しかし薬剤師の下で、生活改善をするとかなんとかむずかしそう。

「私のかかりつけのお医者さんが出してくれるから紹介してあげる」

と友人からの情報もある。

実は私には、売らなかったし捨てなかった大切な一着がある。昔買ったシャネルスーツ。痩せたら着ようとずっととっておいた。ピンクでラメが入ってる。いつかジョブ子をやめて、着る日がくると信じよう。

人間って不思議

これが出る頃には、古いニュースになっていると思うが、大谷翔平選手の奥さんがついに姿を現した。

「大谷選手とその妻」

ということで、球団側が写真を公開し、一緒のところもテレビに流れた。とても綺麗で可愛い。アスリートっぽく素朴さに溢れているのも好感が持てる。大谷選手の横に立っても釣り合う身長の高さで、顔が小さい。

「もうグーの音も出ないっていう感じ」

友人が言う。

「仕方ないよね」

と別の一人。何が仕方ないのかわからないけど。

いいなあ、さわやかな二人。奥さんの方はスリムというよりも、鍛えられたしなやかな体。脚が長くて白いスニーカーがぴったりだ。

いいなあ、いいなあ、こんな風な体型だなんて。スーパーモデルみたいな九頭身なんだ

けど、筋肉がついてるからとても健康的でリアル。

「いいなあー、いいなあー」

とため息ばかりついている、我々万年ダイエッターに朗報が。薬屋さんで買える痩せ薬が、ついに発売されるのだ。

新聞でもテレビでも大きく広告している。お腹にぜい肉がついている人ほど効きめがあるそうだ。

さっそく買いに行こうと思ったら、そこに高いハードルが。自分の体重や食生活を書き込むシートがあるそうだ。体重なんかごまかすとしても、なんかめんどうくさそうだ。薬剤師さんがOKを出したら売ってくれるという。

まあ、それぐらい我慢しようと思ったら、テレビで特集をしていた。この薬を飲むと、お尻から油が出てくる。オナラをしたりすると悲惨だそうだ。

「ですから生理用ナプキンをあてるか、紙オムツをしてください」

最近会った知り合いの医学生も言った。

「ボクらは試しに飲みましたが、やっぱり大変でした。オムツをした方がいいですよ」

ふーむ。

痩せるか。

紙オムツをするか。

紙オムツをするには、まだ早いと思っていたが、この際仕方ないだろう。痩せるためには、オムツくらいいたしましょう。

そう決心した私に秘書が言った。

「ハヤシさん、このクスリ、昨年買ってましたよ」

「えー！」

「お友だちが教えてくれたからって、アメリカの通販で買ってました」

そういえば名前に憶えがあるような。ダイエットマシーンやグッズ、痩せ薬を買うとそれで安心するのはいつものことだ。アメリカから取り寄せたらすっかり気が済んでしまったらしい。一度も飲んでいないのである。

人間とは不思議なもので、買ったはずみで使う、食べる。しばらく買ったままにしておくと魅力を失うのである。洋服もそう。紙袋にそのままのものは、昔ほどではないがいくつかある。ズボラというか、いい加減というか……。

結局私はその薬を飲まないまま今日に至っているのだ。

とはいうものの、食べるものはかなり制限している。朝はシリアルと牛乳、昼は大学でお弁当を頼むが半分残す。夜は炭水化物を食べないようにする。

しかし昨日は仕方ない。今シーズン最後のフグを食べた。フグちりといったら、最後にお雑炊を食べるのは大原則。民族のルール。これを食べない人は、フグを食べる資格なし、とまで言われている。

年に一度、川上未映子さんと仲よしの女性編集者との三人で、フグを食べることになっている。これが本当に楽しみ。三人であれこれお喋りするのであるが、美容のことがいちばん多いかもしれない。

　未映子さんといえば、今度芥川賞の選考委員にもなる。若くしてそういうポジションを得た人気作家。海外での評価も高い。しかも、しかもである。モデルばりの容姿を持ち洋服のセンスがバツグンなのだ。

　私のまわりの若い女性作家は、美人は美人だが、わりと洋服にこだわらない人が多い。ブランド品にまるで興味を持っていない。

　未映子さんは人気ブランドを難なく着こなし、メイクも流行のものだ。すごく似合う。毎年彼女はお土産を持ってきてくれるのだが、これがいつもステキ。彼女よりはるかに年上だから、当然フグは私がご馳走しているのだが、そのお礼にといちばんイケてる化粧品をくれるのだ。

　トムフォードのアイシャドウや、シャネルのチークは、今も愛用している。

「今年はこれ！」

と手渡されたのは、ルブタンの口紅とリップケース。ケースは真っ赤で可愛いのなんのって。みんなでワーワーキャーキャー大騒ぎ。

　未映子さんはスタイルいいのにちゃんと食べる。私の分の唐揚げも食べ、ビールもぐいぐい。お雑炊も丼一杯召し上がった。私は大谷夫人の写真を見た時の正直な感想、「不公平」を心の中でつぶやいていたのである。

カラダの硬さ、一位に！

スポーツトレーナーの人に言われた。

「私がやっている人の中で、ハヤシさんが二番めに体が硬い」

じゃ、一番は誰だろうと思ったら、ある有名人女性。

この方はユーモアがあり、たまたまお会いしたら、

「一位の座は渡しませんよ」

と笑っていた。

しかしついにこのあいだ、

「一位はやっぱりハヤシさん」

とトレーナーがきっぱり。

「肩の張り方がハンパじゃない」

そうだよなあ、本当に忙しいもんなあ。毎朝大学に行って、会議や打ち合わせやらいろいろなことがある。夜は夜で毎晩のように会食。週末は、平日出来なかったことをするため、書く仕事なんかでスケジュールぎっしり。

難問は山積みでそりゃあ肩こりだってする。

「あぁ、温泉に行きたい……」

トシをとってから、というよりも温泉に行けなくなってから、ますます憧れるようになった。昔はよく大分の由布院温泉に行ったものだ。何もせず、お湯に入っては寝っころがって本を読んだりだらだらテレビ。ずーっと浴衣を着て、おいしいご飯を食べる。極楽、極楽。

あぁ、行きたい。温泉。

そんな時、旧知のA氏が食事の最中にこんなことを。

「桃の季節の山梨、キレイなんだって。行ってみたいなぁ」

「盆地がピンク色になって、そりゃあ見事ですよ」

そうしたら、そこにいた人たちがみんな、行きたい、行きたい、と言い出した。

「それじゃ、ハヤシさん、幹事になってね」

ということになったのであるが、私はかなり考えた。

世の中にはおハイソな方々というのがいらっしゃる。昨日今日のお金持ちじゃない。お祖父さんとかひいお祖父さんの代から、世の中に知られた資産家で、オーナー企業の後継者たち。苗字を言えば、

「あぁ、あの方ね」

と皆が言う人たち。

親戚なんかもすっごい名門。どうして山梨の庶民出の私が、そういう方々を知っているかというと、ある人に紹介され、たまにお会いする関係になったからだ。作家というヤクザな人間が面白いのかもしれない。

とにかくA氏とそのお友だちは、ものすごくお上品でお金持ち、と思っていただきたい。

この方たちがお泊まりになるのはどういうところがいいか。私が考えたのは、最近私の故郷に突然出現した高級旅館。それまでは古くてボローい(失礼)、温泉宿があったのだが、東京の企業が買いとって豪華な建物につくりかえた。部屋のひとつひとつが独立していて中に専用風呂がある。食事もおいしくて凝っている。値段はびっくりするほど高い。山梨県人には法外な値段で、地元の人たちからは、

「東京の人んとうが泊まる、うんと高いとこずら。あんなとこによく泊まるじゃんねー」

と陰口を叩かれている。

私はそこの部屋を四つ予約した。A氏夫妻、B氏夫妻、C氏とD氏は一緒の部屋。私は独りで小さめの部屋にした。まさかどこかの部屋に入れてもらうわけにはいかないし。

ところで私の部屋には、風呂がついていない。

「かわりにサウナがあるそうです」

と秘書は言ったが、行けばなんとかなるだろうと思っていた私。大浴場に行ってもいいし。

当日、朝の七時にC氏がD氏と一緒に車で迎えに来てくれた。早過ぎるような気がする。

私は朝弱い。しかし皆さんゴルフで慣れているらしく、早い集合もどうということないようだ。すごく眠い。最初は、

「私は電車で行って、昼頃駅前のほうとうの店で合流します」

と申し出たのであるが、そんなのつまらないと却下された。

さてその旅館に、黒塗りの運転手付きの車で、A氏夫妻、B氏夫妻が到着。ここで頼んでいたミニバスに乗り替えることになっているのである。なんと東京から、ここのバス会社の社長がいらしてお出迎え。旅館の方も、ただ者ではない、という感じで支配人が出てきた。黒塗りの車は、明日山梨に迎えに来るそうだ。

バスは出発。ほうとう、ワイナリーとスケジュールを終え、楽しみにしていた夕食に。私はお食事処に浴衣と羽織で向かった。行ってびっくりだ。男性たちはみんなジャケット、女性たちも昼間とは違うワンピや、軽くラメが入ったニットとか……。

す、すみません。そうですね。おハイソってこういうことなんですよね。私なんかが混じってすみません。故郷ということでつい気がゆるんでました。

反省しながら部屋に戻り、サウナに入ろうとしたが熱くてとても無理。そもそも私はサウナが苦手なの。

座布団枕にテレビ見ていたらいつのまにか寝てしまった。温泉はついに入らなかったし体は硬いまんま……。

ひらけ！ クラシックの扉

私が理事をつとめている、3・11塾主催のチャリティコンサートが今年（二〇二四年）も開かれた。

3・11塾というのは、東日本大震災で親御さんを亡くされた子どもたちのために、いろいろなサポートをしているボランティア団体。

それを支援するため、毎年一流のアーティストたちが、タダで出演してくださるのだ。有難いことである。

クラシック界からは、ヴァイオリンの服部百音《もね》さん、ピアノの横山幸雄さん、仲道郁代さん、テノール歌手のジョン・健《けん》・ヌッツォさん、ポップスからは五木ひろしさん、さだまさしさん、坂本冬美さんといった大御所がずらり。

総勢二十六組の方々がサントリーホールで、オーケストラをバックに歌い、演奏してくださったのだ。素晴らしいコンサートだった。

ところで皆さんは、クラシック音楽がお好きですか。

ロックやKポップにはどんなことをしても行くけれど、クラシックはちょっと……とい

う若い人が大半であろう。私も昔はそうだった。たまに人に誘われてコンサートに行くと、睡魔に襲われついコックリしてしまう。まわりを見てみるとそんな人は誰もいなくて本当に恥ずかしかった。クラシックのコンサートは、そもそも熱心なマニアが行くものだからだ。

このマニアが本当にむずかしいことばかり言う。ラフマニノフがどうした、リヒテルがああだったとか、とてもついていけない。そんな私がオペラ大好きになってから、少しずつクラシックの扉を開けるようになった。オーケストラの公演にも時々行くし、服部百音ちゃんによって、ヴァイオリンの素晴らしさがわかるようになった。

服部百音ちゃんが、天才少女と言われた頃から知っているせいもあって、ずーっと彼女を見守る親戚のおばちゃんの気分。

今はもう二十四歳。日本では弦楽器をやる人は伝統的に美人が多いと言われている。確かに前橋汀子《まえはしていこ》さんとか、川井郁子さんとか女優さんみたいな人ばっかり。高嶋ちさ子さんも、ややジャンルはずれるがその一人か。

服部百音ちゃんも、エキゾチックな美女に成長した。きりっとした表情が素敵。が、そんなことよりも彼女の才能は今や世界中に認められ、アメリカやヨーロッパの一流の舞台で活躍している。

彼女のひいおじいちゃんは、朝ドラ「ブギウギ」で草彅剛さんが演じていた羽鳥善一のモデルである服部良一さん。おじいさんは服部克久さん。お父さんは服部隆之さんという音楽の名門一家。重圧もあっただろうが、それをはねかえす努力と才能の持ち主と専門家たちは言う。

3・11塾チャリティコンサートで、彼女が弾いたのは、ファジル・サイのクレオパトラ。初めて聞く名であるが、トルコの作曲家なんだと。私でも超絶技巧の難曲だとわかる。何度も指で弦をはじいていく。クラシックに全く詳しくない友人たちも、

「やっぱりすごい」

「ヴァイオリンで、あんな弾き方するのか」

と驚いていたっけ。

ヴァイオリンだけでなく、人気絶頂でチケット完売のピアニスト、藤田真央さんのコンサートにも近々行くことになっている。にわかにクラシックづいてる私なのだ。

ところで話は変わるが、ピアノを弾く男性って素敵だと思いません？　その話をすると、

「そう、そう」

多くの女性が賛同してくれる。

文化庁長官の都倉俊一さんと初めてお食事をしたのは、都倉さん行きつけのフランス料理店であった。そこのフランス人シェフとは、もちろんフランス語で喋り、そして店に置いてあったピアノを、立ったままポロロンと弾かれた。

「ステキ……」

そう思ったのは私だけでなく、一緒にいた男性たちも感動していた。

「こんなカッコいい男の人を見たことがない」

と。さすが作曲家にして、外交官のご子息。育ちのよさと教養が、ふわっと香り立つんですね。

「ピアノもいいけど、チェロを弾く男の人も大好き」

友人は言う。

ずーっと見ていたTBSドラマ「さよならマエストロ」はよかったなあ。特に目をひいたのが、チェロ奏者役の佐藤緋美《ひみ》さん。最初は反ぱつしていたものの、西島秀俊さんの一対一の指揮に、次第に恍惚の表情を浮かべていく。それが素晴らしかった。今でも憶えてる。彼の大ファンになった。

そう、ピアノと英会話は何度もやりかけて挫折。根性なしの私にとって、クラシックの人たちは憧れの的なのだ。

まるでブラックホール！

月に二度ぐらい行くバレエヨガ。

私にしては珍しく、ずっと続いているのは、これが日本一ゆる〜いエクササイズだからである。

何度も話しているとおり、マットに寝っころがって、バレエのポーズをとるのであるが全然きつくない。四時間かけて、じんわりゆっくり動かしていく。

途中、スマホをするのはあたり前。中にはパソコンで仕事をする人もいる。肩をゆっくりまわすポーズでは、たいていの人が寝てる。このゆるさ、たまりません。

皆がお菓子を持ち寄って、途中おやつタイムが。キャリア女性が多く、みんな出張で国内外のお菓子をお土産に持ってきてくれる。私はこのあいだ高知の芋けんぴを持っていった。鎌倉に行った人からは鳩サブレーが。先生はいるけど、みんな勝手なことをぺちゃくちゃ。こんなところは、まずないだろう。

しかも最近は、

「ぜい肉を落としてくれる特別マッサージ」

がつくようになった。

カズ先生が魔法のボールを手に入れたのだ。それは百円ショップで売っているグリップボール。黒くてやわらかい。これとカズ先生の相性がものすごくよくて、背中をぐりぐりすると、ぜい肉がたちまち落ちるのだ。寄せた感じでもない。いったいぜい肉は……。

「宇宙に消えてくんです」

と先生は言う。確かにボールでマッサージしてもらうと、肩のあたりの肉がいっきに消えたような気がする。

カズ先生は時々このボールでマッサージをしてくれる。しかし二つ問題が。ひとつめは、一回マッサージをするとボールが「死んでしまう」こと。確かに弾力がなくなる。

ふたつめは、カズ先生がものすごく疲れてしまうこと。

ひとつめはかなり深刻だった。ボールを手に入れるため、みんな百円ショップに行ったのであるが、大きな店舗でないと手に入らない。ゆえにたまに見かけると、三十個くらい買いしめてお稽古場に持ってくる。

「たぶん、この会社の人、渋谷方面でなぜこんなに売れてるのか不思議がってるよ」

確かに、とみんなで笑った。

そして朗報が。最近このボールがネットで売られ始めたのだ。とりあえず三百個は皆で共同で購入しようということになった。

「これで私たち痩せられるよね!」

ふたつめの問題は、先ほど言ったように、このマッサージはものすごく力を使うらしい。

「皆には出来ない。たまに一人一回だけ」

とカズ先生。

「だけど誕生日の人には特別にやってあげるよ」

ということで四月一日の月曜日、誕生日の私を先生がマッサージしてくれることになった。

先生はボールを使って、うつぶせになった私の背中をころがしていく。たちまち「死んでしまう」ボール。ものすごく力を入れているらしい。

「ほら、見て」

と先生。

「背中の肉がとれたでしょう。まっすぐになってるでしょ」

みんなが寄ってきた。

「本当だ。マリコさん、背中の形がまるで違う」

確かに壁の鏡で見て、こんもり盛り上がっていた私の背中がまっすぐになっている。もともとそういう力があるらしいカズ先生と、グリップボールとの最高のコラボ。

「背中がすっきりしたわよねー」

「すごいわよねー」

皆が口々に誉めてくれるうちに、私の中にとんでもない欲望が生まれた。

「先生、このお腹、なんとかしてください」

とあおむけになった。

「背中は他の人にしか見られないから、多少肉がついててもいいけど、お腹は自分がつらい。本当にこのお腹のお肉とってください」

鏡の前で寝てみると、腹のあたりがこんもり小山になっている。本当になんとかしてほしい。

「お腹、一度もやったことないけど大丈夫かなー」

「先生、平気。平気です」

と皆、応援してくれ、先生は私のお腹をマッサージし始めた。といってもボールを使い、指は私のお腹にはまるで触れてこない。

そして次第にのってきた。

「お肉がすごい。お肉が左右に寄ってくる。すごい」

こんな大量なぜい肉を見たことがないので、かなり興奮している。

「わー、わー、肉のカタマリだ。しかも下にさがってる」

「先生、人の肉で勝手に遊ばないでください」

たまりかねて私は言った。

「〝肉あそび〟はやめてくださいよ。減らすことだけを考えてください」

しかし〝肉あそび〟って言葉、イヤらしくなくて面白いかも。私のお腹、ちょっぴり減った。

おめでとうの季節

皆さんご存知とは思いますが、私の誕生日は四月一日。新年度が始まる日ですね。

おまけに今年は月曜日である。キリがいい。月曜日はいつものようにバレエヨガの日。ふつうにレッスンして、途中でおやつタイムになった。そうしたら、

「マリコさん、誕生日おめでとう！」

と突然バースデーケーキが。食べやすいようにプチケーキの詰め合わせであるが、ちゃんと、

「ハッピー・バースデー、マリコ」

というプレートがついている。

皆が歌を歌ってくれ本当に嬉しかった。夫は何もしてくれないが、こうして私には仲間がいる。

皆でモグモグ。ケーキはやけにおいしいと思ったら、銀座・和光なんだって。

そのうち、

「ちゃんと皆でお祝いしよう」

「そうだよ、四月中に集まろう」

「うちを使ってくれてもいいよ」

ヘアメイクの赤松ちゃん。独身で広いマンションに住んでいる。時々ここで、パーティーをするのだが、その料理のおいしいことといったらない。なぜならヨガのメンバーには、調理師免許を持つ女性経営者がいて、彼女がいろいろなものをつくってくれるのだ。

「そうだよ、赤松ちゃんのところでマリコさんのバースデーパーティーしよう、しよう」

とまたたく間に話が決まった。

皆が合う日程を決めたら四月八日となった。私はちょっと不安。

「その日は大学の入学式なんだけど大丈夫かなー。ものすごく疲れるかもしれない」

なにしろすごい学生数なので、武道館で二回に分けて行われる。びっしり満杯でスーパースターのコンサート並みだ。そして私は着物を着て祝辞を述べる。これが二回。間がすごく長くて、控え室で本を読んだりスピーチの練習をしたりする。

昨年は初めてのことでものすごく緊張し、帰る頃は口もきけないぐらい疲れてしまったが、今年はきっと大丈夫だろう。

その日、武道館のまわりは桜が満開だった。いつもより二週間ぐらい遅いのが幸いした。私の着物はブルーの色留袖。

着物の中ではいちばん格が高いものだ。学長はじめ、男性陣がモーニングという第一礼装なのでそれに合わせた。

もちろんバレエヨガの皆にすぐに写真を送った。

「マリコさん、素敵!」

「本当に似合いますよ」

こういう仲間の誉め言葉が自信となって、武道館の舞台にも堂々と立つことが出来た。

さて入学式も無事に終わり、着物を脱ぎ、ワインと日本酒を持って赤松ちゃんちに。

もう料理は並んでる。カボチャのスパイシーサラダに、白身のカルパッチョ香菜いっぱい、お豆腐のサラダ、菜の花のおひたし。大分出身の赤松ちゃんらしく、椎茸の煮つけもあったがこれも素晴らしくおいしい。女子会だからヘルシーなものばかりで、皆あっという間に前菜をたいらげた。メインは、魚介のアクアパッツァとローストビーフで、どちらもワインによく合う。

最後はケーキを切り、皆でハッピーバースデーソング。本当にありがとうございました。十時になったので私は帰ったが、他の人たちにとっては、これからがお楽しみタイム。宝塚歌劇の映像を流しながら皆であれこれ感想を言い合うのを無上の喜びとしているのだ。そもそもバレエヨガは、熱烈なヅカファンの人たちが、

「いつかラインダンスをやってみたい」

という願いのもとに結集したものなのだ。その日はいつやってくるかわからないけれど、

とにかく皆、タカラヅカ・命。私なんかスターの名前もちんぷんかんぷんであるが、仲間に入れてくれて本当にありがとうね。

さて数日後のこと。今度はうってかわって思いきりラグジュアリーなパーティーへ。古い友人（男性）から誘われて、トゥールダルジャンのシャンパンパーティーに出かけたのだ。

フランスから六人のシャンパン醸造家が来日し、それに合わせてお料理を楽しむんだと。トゥールダルジャンはパリに本店がある超高級フレンチ。こうした華やかな場所に行くのは本当に久しぶりであるが、友人からの、

「ハヤシさんのお誕生日のお祝いも兼ねて」

という言葉には断れない。

何を着ていこうかと悩んだが、昔のダナ キャランの、スパンコールのアンサンブルをうちから持っていき、帰りしな大学で着替えた。スカートは昼間のものであるが光沢があるからいいや。

窓からは桜が満開。シャンデリアの下、シャンパンを飲み比べる。

思えば三十四年前、ここでウエディングパーティーをした私。それが幸福だったのか不幸だったのか。とりあえず友人には恵まれてるけど……。

たまらない運命

日曜日の表参道を歩く。

エルメス、シャネル、ルイ・ヴィトン、セリーヌと、お店の前には長ーい行列が出来ている。

昔みたいに「ジャスト・ルッキング」は許されない。ぶらっと寄って、素敵なハイブランドを眺め、たまには試着する、という楽しみがなくなってもうどのくらいたつだろう。

入るとお店の人が一人ひとり尋ねる。

「何をお探しですか？」

そこで靴とか、洋服とか、バッグとか言わなくてはならない新ルール。こんなのおかしいと思いませんか？　その日の気分で、バッグと靴を見ているうちに、お洋服も見たい、と思うのがふつうではないだろうか。

だが、みんなこの新ルールに素直に従っている。

よくわからないけど、どうしてみんなそんなに従順なんだろう。

まあ、もう行かないからいいけど。そう、今、円安の影響でハイブランドが異様に高騰している。もう信じられないぐらい。だから行列から聞こえてくるのは中国語。

しかし私ら日本人の女には、思い出と在庫がある。そう、ある程度の年齢で、働いていた女性は、クローゼットの中にブランド品がいっぱいあるはずだ。

エルメスのバッグ（ボリード）や財布を、銀座の買い取り店に持っていった話は、もう既にしたと思う。びっくりするぐらいの金額になった。

「今はビンボーだし、これを生活費にしよう」

とけなげなことを考えたのもつかの間、二日後ぐらいには某ブランド店に向かっていた私。ちょっと見る、つもりであったが、バッグの中にはぶ厚いキャッシュが。

「靴ぐらい買っちゃおう」がTシャツになり、新作のジャケットも。気がつくと足りなくて、残りはカードで支払った。

「サイテー」

うちひしがれる。

「ブランド品を売って、別のブランド品を買っただけじゃん」

このあいだ新聞を読んでいたら、

「もう洋服はいらない」という特集が載っていた。ファッションエディター、スタイリストといったおしゃれのプロたちが、膨大な洋服を処分したという。スタイリストの人は、洋服の保管のために部屋を借りていて、その家賃が年間百万円以上だったんだと。

ところが今はもう数枚ずつのトップスやボトムスでコーディネイトするようになり、とても清々しい毎日だという。こういう人は本当にうらやましい。これだけ少ない洋服でおしゃれをするには、かなりのセンスが、はっきり言います。しかもプロポーションがよくないと、キマらないはずだ。

私はそんなもん持ってないので、これからもひたすらお洋服を買い続けるはず。何よりも、お買い物をする時の高揚感というのも、やはり女性には必要ではないでしょうか……。とはいうものの、やっぱりクローゼットからはみ出しているものはなんとかしたい。買い取り店に持っていくほどでもないものも、売れるなら売りたい。

私はまずエルメスのスカーフから始めることにした。うちの秘書がすごくいいコで、

「私がメルカリで出品します」

と言ってくれたのだ。すると買い取り店では八千円というあまりの値段に、持って帰ってきた未使用のスカーフが、二万円ですぐに買い手がついた。同じようにエルメスの食器も高値で面白いようにすぐに売れる。

言っときますが、私はプレゼント品をすぐに売るような、キャバクラの女性のようなことをしているわけではない。一応自分で買ったもの。あるいはいただいてから、十年以上経過しているものを選んだ。

グッチのネックレスも出品したが、あまりにも高値にしたためか、買い手がつかず引っ込めた。

が、それ以外は結構売れる。

「ハヤシさん、これ売り上げです」

秘書から数万円手渡された嬉しさ。これで何日かやっていこう、と思って友だちの集まりに行ったら、

「マリコさん、これ」

とバッグを渡された。そう、オリジナルのビーズバッグ。個展の図録を見て友人に頼んでおいたもの。天使の姿がビーズ刺繍になっているものだがすっかり忘れていた。その値段が、今日受け取ったお金とほとんど同じ。私って本当にお金がたまらないようになってるんですね……。

今日は、ほとんど着ていないブランドもののニットに、フォーマルドレスを出品した（痩せていた時のもの）。

強気の値段をつけたため、まだ買い手がつかない。しかしメルカリ癖はついている。こうなったらずっと着ていない、セリーヌの革ジャンを出すか……。すごく高かったが、今だったら倍の値段するはず。そうしたら秘書が、

「ハヤシさん、こんな素敵なものもったいないですよ。セリーヌのこんな革ジャン、もう二度と買えませんよ」

なんて言うもんで、今迷っている最中。確かに今の私には二度と買えない。そう思うと淋しいです。

＊初出『ａｎａｎ』連載「美女入門」（二〇二三年五月三一日号〜二〇二四年五月二二日号）

林 真理子（はやし・まりこ）

一九五四年山梨県生まれ。コピーライターを経て作家活動を始め、八二年『ルンルンを買っておうちに帰ろう』がベストセラーに。八六年「最終便に間に合えば」「京都まで」で第九四回直木賞受賞、九五年『白蓮れんれん』で第八回柴田錬三郎賞、九八年『みんなの秘密』で第三二回吉川英治文学賞、二〇一三年『アスクレピオスの愛人』で第二〇回島清恋愛文学賞をそれぞれ受賞。『小説８０５０』『李王家の縁談』『奇跡』『成熟スイッチ』などベストセラー多数。一九九九年に第一巻が刊行されたエッセイ『美女入門』は、文庫を含め累計二〇〇万部超の人気シリーズ。二〇一八年紫綬褒章受章。二〇年第六八回菊池寛賞、二二年第四回野間出版文化賞を受賞。二二年七月より日本大学理事長。

人生は苺ショート 美女入門22

二〇二四年七月一八日 第一刷発行

著者 林 真理子

発行者 鉄尾周一

発行所 株式会社マガジンハウス
〒一〇四-八〇〇三
東京都中央区銀座三-一三-一〇
書籍編集部 ☎〇三（三五四五）七〇三〇
受注センター ☎〇四九（二七五）一八一一

印刷・製本所 TOPPANクロレ株式会社

ブックデザイン 鈴木成一デザイン室

 ISBN978-4-8387-3275-3 C0095

林真理子の「美女入門」シリーズ

美女入門　1000円

美女入門PART2　1000円

美女入門PART3　1000円

トーキョー偏差値　1000円

美女に幸あり　1000円＊文庫530円

美女は何でも知っている　1000円＊文庫533円

美か、さもなくば死を　1000円＊文庫533円

美は惜しみなく奪う　1200円＊文庫533円

地獄の沙汰も美女次第　1200円＊文庫533円

美女の七光り　1200円＊文庫509円

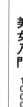

いい女になるための必読書!

美女と呼ばないで　1200円 ＊文庫556円
突然美女のごとく　1200円 ＊文庫556円
美女千里を走る　1200円 ＊文庫556円
美を尽くして天命を待つ　1200円 ＊文庫556円
美女は飽きない　1200円 ＊文庫600円
美女は天下の回りもの　1200円 ＊文庫636円
女の偏差値　1200円 ＊文庫636円
美女ステイホーム　1300円 ＊文庫650円
美女の魔界退治　1318円
あした何着よう 美女入門20　1400円
いいこと考えた! 美女入門21　1400円

（価格はすべて税別です）